“一带一路”沿线国家经典诗歌文库

（第一辑）

主编　赵振江

副主编　蒋朗朗　宁琦　张陵　黄怒波

克罗地亚诗选

彭裕超　编译

作家出版社

译者彭裕超

彭裕超

一九八五年出生。

北京外国语大学欧洲语言文化学院塞尔维亚语和克罗地亚语教研室主任，讲师。二○一一年硕士毕业于北外欧语学院后留校任教，二○二○年获博士学位。

主要研究领域为：中国与中东欧国家文化关系史、克罗地亚语和塞尔维亚语语言文学、文学翻译等。近年来出版译著《竹书》《永远的"瓦尔特"——巴塔传》《塞尔维亚诗选》《克罗地亚现当代诗歌选集》等，在国内外期刊发表文学译作和学术论文二十余篇。

目 录

总　序

二〇一三年秋，习近平主席先后提出建设"丝绸之路经济带"和"二十一世纪海上丝绸之路"（简称"一带一路"）的倡议。"一带一路"一经提出，便在国外引起强烈反响，受到沿线绝大多数国家的热烈欢迎。如今，它已经成了我们在政治、经济和文化生活中最具活力的词语。"一带一路"早已不是单纯的地理和经贸概念，而是沿线各国人民继往开来、求同存异、构建人类命运共同体的幸福路、光明路。正如一首题为《路的呼唤》[1]的歌中所唱的：

> ……
>
> 有一条路在呼唤
>
> 带着心穿越万水千山
>
> 千丝万缕一脉相传
>
> 就注定了你我相见的今天
>
> 这一条路在呼唤
>
> 每颗心都是远洋的船
>
> 梦早已把船舱装满
>
> 爱是我们共同的家园
>
> ……

习主席关于构建人类"政治互信、经济融合、文化包容的利益共同体、命运共同体和责任共同体"的主张是人心所向，众望所归。联合国将"构

---

[1]《路的呼唤》：中央电视台特别节目《一带一路》主题曲，梁芒作词，孟文豪谱曲，韩磊演唱。

建人类命运共同体"写入大会决议，来自一百三十多个国家的约一千五百名贵宾出席二〇一七年五月十四日在北京举行的"一带一路"国际合作高峰论坛，就是最有力的证明。

在国与国之间，政治互信、经济融合、文化包容的基础在民心，而民心相通的前提是相互了解和信任。正是出于这样的理念，我们决定编选、翻译和出版这套"'一带一路'沿线国家经典诗歌文库"，因为诗歌是"言志"和"抒情"最直接、最生动、最具活力的文学形式，诗歌最能反映大众心理、时代气息和社会风貌。"'一带一路'沿线国家经典诗歌文库"是加强沿线各国人民之间相互了解和信任的桥梁。

"'一带一路'沿线国家经典诗歌文库"的创意最初是由作家出版社前总编辑张陵和中国诗歌学会会长骆英在北京大学诗歌研究院院会提出的。他们的创意立即得到了谢冕院长和该院研究员们的一致赞同。但令人遗憾的是，在本校的研究员中只有在下一人是外语系（西班牙语）出身，因此，他们就不约而同地把这套书的主编安在了我的头上。殊不知在传统的"一带一路"沿线国家中，没有一个是讲西班牙语的。可人家说："一带一路"是开放的，当年"海上丝绸之路"到了菲律宾，大帆船贸易不就是通过马尼拉到了墨西哥吗？再说，巴西、智利、阿根廷三国的总统不是都来参加"一带一路"国际合作高峰论坛了吗？怎么能说"一带一路"和西班牙语国家没关系呢？我无言以对。

古丝绸之路是指张骞（前一六四年至前一一四年）出使西域时开辟的东起长安，经中亚、西亚诸国，西到罗马的通商之路。二〇一三年九月七日，习近平主席在哈萨克斯坦纳扎尔巴耶夫大学演讲时，提出共建"丝绸之路经济带"的主张，赋予了这条通衢古道以全新的含义，使欧亚各国的经济联系更加紧密、相互合作更加深入、发展空间更加广阔，从而造福沿途各国人民。至于古老的"海上丝绸之路"，自秦汉时期开通以来，一直是沟通东西方经济和文化交流的重要渠道，尤其是东南亚地区，自古就是"海上丝绸之路"的重要枢纽。习主席建设"二十一世纪海上丝绸之路"的构想使其在新的历史起点上，有了更加重要而又深远的意义。

"一带一路"沿线国家主要包括西亚十八国（伊朗、伊拉克、格鲁吉亚、亚美尼亚、阿塞拜疆、土耳其、叙利亚、约旦、以色列、巴勒斯坦、沙特阿拉伯、巴林、卡塔尔、也门、阿曼、阿拉伯联合酋长国、科威特、黎巴嫩），中亚五国（哈萨克斯坦、土库曼斯坦、吉尔吉斯斯坦、乌兹别克斯坦、塔吉克斯坦），南亚八国（尼泊尔、不丹、印度、巴基斯坦、孟加拉国、斯里兰卡、马尔代夫、阿富汗），东南亚十一国（印度尼西亚、马来西亚、菲律宾、新加坡、泰国、文莱、越南、老挝、缅甸、柬埔寨、东帝汶），中东欧十六国（阿尔巴尼亚、波斯尼亚和黑塞哥维那、保加利亚、克罗地亚、捷克、爱沙尼亚、匈牙利、拉脱维亚、立陶宛、马其顿、黑山、罗马尼亚、波兰、塞尔维亚、斯洛伐克、斯洛文尼亚）。独联体四国（俄罗斯、白俄罗斯、乌克兰、摩尔多瓦），再加上蒙古和埃及等。

从上述名单中不难看出，"一带一路"沿线国家多为文明古国，在历史上创造了形态不同、风格各异的灿烂文化，是人类文明宝库重要的组成部分。诗歌是文学的桂冠，是文学之魂。文明古国大都有其丰厚的诗歌资源，尤其是经典诗歌，凝聚着国家和民族的精神和理想。各国之间的文化交流与经贸往来，既相互交融又相互促进，可以深化区域合作，实现共同发展，使优秀文化共享成为相关国家互利共赢的有力支撑，从而为实现习主席构建人类命运共同体的伟大目标打下坚实的文化基础。

"一带一路"沿线国家多是发展中国家。长期以来，我们一直比较重视对欧美发达国家诗歌的译介，在"经济一体、文化多元"的今天，正好利用这难得的契机，将这些"被边缘化"国家的传统文化和民族精神纳入"一带一路"的建设，充分发掘它们深厚的文化底蕴，让它们的古老文明在当代世界发挥积极作用，使"文库"成为具有亲和力和感召力的文化桥梁。

"一带一路"沿线国家又多是中小国家。它们的语言多是非通用的"小语种"，我国在这方面的人才储备相对稀缺，学科建设相对薄弱；长期以来，对这些国家的文学作品缺乏系统性的译介和研究。从这个意义上说，"文库"的出版具有填补空白的性质，不仅能使我们了解这些国家的诗歌，也使相关的学科建设和学术研究有了新的生长点。

"'一带一路'沿线国家经典诗歌文库"的现实意义和深远影响已经很清楚了，但同样清楚的是其编选和翻译的难度。其难点有三：一是规模庞大，每个国家一卷，也要六十多卷，有的国家，如俄罗斯、印度，还不止一卷；二是情况不明，对其中某些国家的诗歌不是一无所知也是知之甚少，国内几乎从未译介过，如尼泊尔、文莱、斯里兰卡等国；三是语言繁多，有些只能借助英语或其他通用语言。然而困难再多，编委会也不能降低标准：一是尽可能从原文直接翻译，二是力争完整地呈现一个国家或地区整体的诗歌面貌。

总之，"文库"的规模是宏大的，任务是艰巨的，标准是严格的。如何完成？有信心吗？答案是肯定的。信心从何而来呢？我们有译者队伍和编辑力量做保证。

"'一带一路'沿线国家经典诗歌文库"的编译出版由北京大学外国语学院和作家出版社联袂承担，可谓珠联璧合，阵容强大。

北京大学外国语学院是国内外国语言文学界人才荟萃之地，文学翻译和研究的传统源远流长。北大外院的前身可以追溯到京师同文馆（一八六二年）和京师大学堂（一八九八年）。一九一九年北京大学废门改系，在十三个系中，外国文学系有三个，即英国文学系、法国文学系、德国文学系。一九二〇年，俄国文学系成立。一九二四年，北京大学又设东方文学系（其实只有日文专业）。新中国成立后，东语系发展迅速，教师和学生人数都有大幅度增长。一九四九年六月，南京东方语言专科学校和中央大学边政学系的教师并入东语系。到一九五二年京津高校院系调整前，东语系已有十二个招生语种、五十名教师、大约五百名在校学生，成为北大最大的系。

一九五二年院系调整时，重新组建西方语言文学系、俄罗斯语言文学系和东方语言文学系。其中西方语言文学系包括英、德、法三个语种，共有教师九十五人，分别来自北大、清华、燕大、辅仁、师大等高校（一九六〇年又增设西班牙语专业）；俄罗斯语言文学系共有教师二十二人，分别来自北大、清华、燕大等高校；东方语言文学系则将原有的西藏语、维吾尔语、西南少数民族语文调整到中央民族学院，保留蒙古、朝鲜、日、越南、暹罗、印尼、缅甸、印地、阿拉伯等语言，共有教师四十二人。

北京大学外国语学院于一九九九年六月由英语系、西语系、俄语系和东语系组建而成，下设十五个系所，包括英语、俄语、法语、德语、西班牙语、葡萄牙语、日语、阿拉伯语、蒙古语、朝鲜语、越南语、泰国语、缅甸语、印尼语、菲律宾语、印地语、梵巴语、乌尔都语、波斯语、希伯来语等二十个招生语种。除招生语种外，学院还拥有近四十种用于教学和研究的语言资源，如意大利语、马来语、孟加拉语、土耳其语、豪萨语、斯瓦希里语、伊博语、阿姆哈拉语、乌克兰语、亚美尼亚语、格鲁吉亚语、阿塞拜疆语等现代语言，拉丁语、阿卡德语、阿拉米语、古冰岛语、古叙利亚语、圣经希伯来语、中古波斯语（巴列维语）、苏美尔语、赫梯语、吐火罗语、于阗语、古俄语等古代语言，藏语、蒙语、满语等少数民族及跨境语言。学院设有一个一级学科博士点、十个二级学科博士点和一个博士后流动站，为北京市唯一外国语言文学重点一级学科。学院师资力量雄厚：全院共有教师二百一十二名，其中教授六十名、副教授八十九名、助理教授十六名、讲师四十七名，拥有博士学位的教师一百六十三人，占教师总数的百分之七十七。

从以上的介绍不难看出，北京大学外国语学院的语言教学和科研涵盖了"一带一路"的大部分国家，拥有一批卓有成就的资深翻译家和崭露头角的青年才俊，能胜任"文库"的大部分翻译工作。至于一些北大没有的"小语种"国家，如某些中东欧国家，我们邀请了高兴（罗马尼亚语）、陈九瑛（保加利亚语）、林洪亮（波兰语）、冯植生（匈牙利语）、郑恩波（阿尔巴尼亚语）等多名社科院外文所和兄弟院校的专家承担了相应的翻译工作，在此谨对他们表示诚挚的敬意和衷心的感谢。

有好的翻译，还要有好的编辑。承担"'一带一路'沿线国家经典诗歌文库"编辑出版任务的作家出版社是国家级大型文学出版社，建社六十多年来出版了大量高品质的文学作品，积累了宝贵的资源和丰富的经验。尤其要指出的是，社领导对"文库"高度重视，总编辑黄宾堂、前总编辑张陵、资深编审张懿翎自始至终亲自参与了所有关于"文库"的工作会议，和北大诗歌研究院、北大外国语学院的领导一起，精心策划，全力以赴，保证了"文库"顺利面世。

最后还要说明的是，"'一带一路'沿线国家经典诗歌文库"得到了北大校领导的大力支持。"文库"第一批图书的出版恰逢北京大学建校一百二十周年（一八九八年至二〇一八年），编委会提出将这套图书作为对校庆的献礼。校领导欣然接受了编委会的建议，并在各方面给予了大力支持，校党委宣传部部长蒋朗朗同志从始至终参与了"文库"的策划和领导工作。至于北京大学外国语学院的领导更是责无旁贷地承担了全部翻译工作的设计、组织和落实。没有他们无私忘我、认真负责的担当，完成这样艰巨的任务是不可能的。

"'一带一路'沿线国家经典诗歌文库"第一批诗作即将出版，这只是第一步，更艰巨的工作还在后头；更何况随着时间的推移，"一带一路"的外延会进一步扩展，"文库"的工作量和难度也会越来越大。但无论如何，有了这样的积累，我们完全有理由相信，"'一带一路'沿线国家经典诗歌文库"会越来越好。为了实现这样的目标，我们期待着领导、业内同仁和广大读者的批评指教。

赵振江

二〇一七年秋

于北京大学蓝旗营寓所

前　言

　　克罗地亚坐落在欧洲东南部的亚得里亚海东岸，与意大利隔海相望，有"千岛之国"之称。克罗地亚人作为斯拉夫人的一支，在七世纪迁入该地区，曾在八世纪末和九世纪初建立早期封建国家。十世纪，克罗地亚王国建立。一一〇二至一五二七年，克罗地亚处于匈牙利王国统治之下。一五二七至一九一八年，克罗地亚受哈布斯堡王朝统治，直到奥匈帝国崩溃。一九一八年十二月，克罗地亚与其他南部斯拉夫民族联合成立"塞尔维亚—克罗地亚—斯洛文尼亚王国"，一九二九年改称南斯拉夫王国。一九四一年，德国、意大利法西斯入侵南斯拉夫王国，扶持建立了"克罗地亚独立国"。一九四五年，南斯拉夫各族人民赢得反法西斯战争胜利，同年十一月二十九日宣告成立南斯拉夫联邦人民共和国，一九六三年改称南斯拉夫社会主义联邦共和国，克罗地亚成为其所属的六个共和国之一。一九九一年六月二十五日，克罗地亚在全民公决的基础上宣布独立。一九九二年五月二十二日，克罗地亚加入联合国。二〇〇九年四月，克罗地亚成为北大西洋公约组织成员国。克罗地亚于二〇一三年七月一日加入欧盟，成为其第二十八个成员国。

　　据考古发现，克罗地亚早期艺术作品呈现出斯拉夫文化的传统特征。从十七世纪开始，克罗地亚文化融入了西欧文明的发展潮流，但由于克罗地亚处于东西方的前沿地带（后来又处于基督教和伊斯兰教的分界线上），所以来自拜占庭和伊斯兰教的东方文明的影响仍然十分明显。各种不同的文化在此融汇交流，克罗地亚人民从多种文化中吸取营养，创造了具有自己民族特色、丰富多彩的文化艺术，由此产生了许多享誉世界的杰出的作家、艺术家和艺术作品。

　　正如大部分欧洲民族一样，克罗地亚的文学艺术也是起源于宗教。九至十世纪，接受了基督教信仰的克罗地亚人开始用格拉格里查字母拼写古斯拉夫语，现存最早的文献形成于一〇八〇年。十一至十五世纪，拉丁语在克罗地亚广泛应用，民族语言不可避免地受到排挤，以本土语言进行的文学活动主要集中于宗教文本的翻译和传抄以及编年史的撰写。十六世纪，欧洲文艺复兴运动传播到克罗地亚，为当地的文学带来了重要的发展契机，其南部地区达尔马提亚一带，以杜布罗夫尼克为中心的地区文化生活更是出现了独特的风貌。当时达尔马提亚属于威尼斯的势力范围，社会安定，经济繁荣，文化活跃，人文主义思想广为流传，教育、图书和文学事业发展兴旺。达尔马提亚的文学家在欧洲人文主义思想的感召下，对中世纪的神权观念和禁欲主义发起冲击，打破了宗教文学的禁锢，为文学注入了民族历史和社会现实的新元素，开创了既有中世纪宗教文学遗风，又有世俗文学的新局面。文学形式以戏剧和诗歌为主，诗歌主要有抒情诗和叙事诗。一六六七年，一场史无前例的大地震，让达尔马提亚的中心城市杜布罗夫尼克遭到了严重破坏，居民死亡过半，经济、文化和教育也受到摧残，随之逐渐失去了昔日独特的光彩。进入十八世纪后，克罗地亚落入奥地利的势力范围，其文学生活也受到当时日耳曼化政策的影响，但是同时，在欧洲理性主义和启蒙思想的影响下，民族觉悟逐步提高。十九世纪三十至四十年代，克罗地亚兴起了一场名为"伊利里亚运动"的民族主义社会、文化和政治运动。从文化意义上看，这场运动的主要影响在于唤醒人们的爱国情感，促进浪漫主义文学的发展，推动克罗地亚现代语言改革，鼓励人们使用克罗地亚民族语言进行写作。可以说，这一事件标志着克罗地亚文学进入现代时期。

在克罗地亚文学中，诗歌是重要的组成部分。克罗地亚诗歌的发展经历过几次高峰，首先是十四至十五世纪的拉丁人文主义高峰，诗人在文艺复兴的影响下，用拉丁语创作诗歌，以宣扬人文主义；其次是十五至十六世纪的口头诗歌高峰，在奥斯曼土耳其的威胁下，诗人从民间史诗中汲取文学资源，以歌颂英雄主义；之后是十七至十八世纪的浪漫主义高峰，崇尚自然又充满激情的克罗地亚诗人加入到欧洲的浪漫主义文学的浪潮中，对理想和奋斗精神展开追求，他们善于运用丰富的想象和大胆的夸张，其作品具有强烈的抒情色彩和浪漫气质；十九至二十世纪的克罗地亚诗歌逐步过渡到现实主义阶段，现代派潮流迅速兴起，迎来了爱国主义和抒情的创作高峰，诗人从不同角度表现怀念故乡、热爱祖国、体察人民疾苦，宣扬对爱情和自由的追求。安东·布兰科·施米奇的作品《诗人》，揭示他所认同的神圣使命：他们在地上来往／他们巨大而沉默的眼睛在事物身旁成长／他们把耳朵贴在／包围和折磨着他们的沉默上／诗人成为了世界的永恒颤动。

爱国主义是贯穿于克罗地亚诗歌的一大特征。从十九世纪"伊利里亚运动"的领军人物佩塔尔·普雷拉多维奇、奥古斯特·谢诺阿、安东·古斯塔夫·马托什到二十世纪现实主义先驱弗拉迪米尔·纳佐尔，再到无产阶级革命诗人米罗斯拉夫·克尔莱扎和多布里沙·采萨里奇，爱国主义精神都是他们明确的身份标签。正如大部分东欧国家一样，在二战后的南斯拉夫社会主义时期，无产阶级文学、社会主义现实主义文学和革命文学成为克罗地亚文学主流，促使许多作家朝着革命方面转变，以纳佐尔、克尔莱扎、采萨里奇等作家为领导的社会文学队伍不断壮大。他们运用诗歌作为文学手段，对存在于克罗地亚社会各个领域的不良现象进行批判，他们捍卫克罗地亚民族语言，歌颂普通人的爱情和爱国精神，号召人们团结起来争取民族解放。他们的作品热情赞颂光荣的民族历史，讴歌民族英雄豪杰，抒发对民族独立的强烈向往。这些慷慨激昂的诗歌，将爱情升华到对祖国和人民的热爱，使两种崇高纯洁的感情互相交织，和谐优美。

强烈的抒情性，是克罗地亚现代诗歌的另一大特征。如弗拉迪米尔·韦德里奇、多布里沙·采萨里奇等诗人的作品，以明快的色彩和优美的语言，勾勒出富有深邃诗意的画面，以迷人的自然景物描写和对现代城市生活的书写，抒发作者对快乐和美好事物、美好生活的热爱，具有很强的艺术性、表现力和感染力。另一方面，如汀·乌耶维奇、古斯塔夫·克尔克莱茨等诗人，从十九世纪末的法国抒情诗歌中获得启发，凭借敏感的情绪和敏锐的语言直觉，创作了一批阴暗而忧郁的印象派诗歌，这些作品细腻地反映了人类的孤独、不幸和痛苦，同时为迷失在虚幻世界里的人们带来慰藉。

在克罗地亚诗歌中，很容易发现现代派诗歌艺术的痕迹，比如德拉戈·伊万尼舍维奇的超现实世界观和实验性语言，又如兹沃尼米尔·戈罗布的象征主义，再如安东·布兰科·施米奇对传统诗歌形式的突破。第二次世界大战以后，克罗地亚诗歌更是显示出了强劲的生命力和创造性。以维斯纳·帕伦、伊万·斯拉姆尼格等为代表的现代诗人，以诗人特有的语言表现当代人抉择事物的决心，表达自己的理想和愿望，提出他们面临的各种问题。他们有着丰富的想象力，创作视野非常开阔，能够从本民族民间传统和世界文学中吸取灵感、主题和语言资源，又勇于创新，敢于向神秘主义世界进行探索。还有如约西普·塞维尔等一批诗人，他们在诗歌创作中，不断对作为文学形式的诗歌进行解构，试图消解诗歌与其他文学体裁之间的界限。他们的作品神秘、魔幻、抽象，流露出激烈的颠覆性冲动，努力改变语言的原有意义，挑战形象和象征的标准化与共同性价值，以此对传统诗歌发起激烈冲击。塞维尔在诗歌中这样写道：之后是一片沉默 / 我逃进一团烟雾 / 当火熄灭时，我从灰烬里暴走（选自《视野的音乐》）。这或许正是他的创作活动的写照。

本诗集选辑的诗人和作品以十九世纪的普雷拉多维奇为起点，因为从这一时期开始，克罗地亚文学基本摆脱了拉丁化和日耳曼化的影响，诗人作家集中以克罗地亚民族语言进行创作，他们的作品能够集中反映克罗地亚诗歌的风格特征和美学价值。选辑的终点是当代诗人约西普·塞维尔，选辑和翻译的诗歌作品所跨越的时段约为一百年，覆盖十八位诗人。

正如赵振江教授所说，诗歌翻译是二度创作，译诗追求的应是与原诗的"最佳近似度"。在本诗集的翻译工作中，译者遵照这样的原则进行实践，竭尽全力保持原作的表达和味道，保持诗意的传递。翻译是一根接力棒，诗意的理想，现在已经交到了读者的手上，等待读者去亲自实现。

译者

二〇二二年二月十八日

佩塔尔·普雷拉多维奇
（一八一八至一八七二）

　　佩塔尔·普雷拉多维奇，克罗地亚诗人。一八一八年出生于一个塞尔维亚人家庭，一八三八年毕业于维也纳新城军事学院，曾经服务哈布斯堡王朝，多次参加军事行动，退伍时军衔为将军。在一八五〇年代初期，曾担任著名的克罗地亚大公耶拉契奇的助手。

　　一八四三年在威尼斯驻守期间，普雷拉多维奇开始创作诗歌，他的作品很快收获好评，使他坚定了使用克罗地亚语创作的决心。普雷拉多维奇的作品以抒情诗为主，体现了个人浪漫主义和普世的痛苦，后期作品体现出明显的民族观念和民族文化风格化特征。他擅长创作挽诗，其抒情作品饱含爱国主义思想，同时具有细腻的情感。

　　除此以外，普雷拉多维奇以独特的方式表达了对斯拉夫世界历史使命的形而上学信仰。普雷拉多维奇以多种体裁和形式，丰富了克罗地亚的诗歌，是备受尊敬的民族诗人。

死去的爱人

噢，我的爱人，

当你断气时，我应该将你埋藏在哪里？

因为你的安息让我心碎，

所以你不能在我的心中长寐。

让我将你埋入黑色的土地，

在土地里你不会腐溃，

地里的仙子将你的珍贵，

结晶成宝贵的宝石。

让我将你撒向深邃的汪洋，

在海水里你不会消融，

海里的仙子将你的高尚，

浇铸成宝贵的珍珠。

但是贪婪的人，

会把你从地里挖出，

从海里捞采，

将你变卖。

你去吧，让叹息，

带你升上天空，去唤醒星辰，

为我闪烁忧愁的光，

在那里，无人可触及。

一八四五年

人　心

人心总是需要某些东西，
它永远不会知足：
预期目标一旦完成，
新的欲望又会再次萌生。
为什么会这样？
看不上糊口的面包，
胸中却燃起炽热的欲望，
正如残忍的鹰，
日日夜夜敲着饥饿的喙峰？
从摇篮到坟茔，
我们的短暂时光只靠一条细线相连。
在坟茔面前，
欲望仍然在颤动，
它还以为：土地的甜腥
不会随它一起走进坟茔。

一八五一年

黑色的日子

可怕的日子啊，你用黑色的笔迹

写在了我的心上；

其他的日子对我来说是透明的、

洁白的、清澈的、神圣的，

穿过它们，我的呼吸就像穿过玻璃的光；

而你是唯一的黑色悬崖，

思想无法穿透，

它在你的体内僵固。

你将我从天堂，穿过黑色的云幕，

放落到黑暗的土地，

你把我的目光投向万尺深谷，

把我的报复，埋入坟墓，

把我的甜蜜，变成痛苦，

把我的希望，折成拐柱。

一个问题

当我在给你写信时，
风穿过窗户，为我带来一些礼物，
一片绿色的叶子，它摇曳飘舞，
成为一个被我抹去的词。

那个被我抹去的词，是爱，
因为信里面，没有安放它的位置。
那片叶子，遮盖的是伤口，
还是我们爱情的坟墓？

尽头的尽头

一轮半月，平静而幽暗，
很快就要熄灭了；
尽头的尽头！这个世界
很快就要把他遗忘。

他已经没有生迹，
像个死人那样躺着，
致命的钟声已经响起，
葬礼万事俱齐。

乌鸦发出哀鸣，
在他的头上盘旋；
它们虎视眈眈，如果足够勇敢，
乐意将他咬烂。

喂，你们这些陌生人，喂，你们这些乌鸦！
你们别后悔：
那个死去的人，
倒在了我们的这一边。

我们不要让他受侵略，
不要让他受伤，
我们要好好将他葬入棺穴，
还要继承他的志业。

一八七一年

奥古斯特·谢诺阿

（一八三八至一八八一）

奥古斯特·谢诺阿，克罗地亚散文学家、诗人和剧作家。他出生于一个捷克人的家庭，曾在维也纳和布拉格攻读法律，之后居住在克罗地亚首都萨格勒布。他以克罗地亚语从事多种体裁的写作工作，对克罗地亚文学有重要的影响。除此以外，他还是一名评论家、政治家和辩论家，为克罗地亚文学环境的改善和文学品位的提高做出了很大贡献。

他大部分作品都是历史主题的长篇小说，其作品今天依然深受读者喜爱。他的代表作有《黄金的黄金》《农民起义》和《诅咒》。文学评论家认为，谢诺阿的作品当中最为成功的是现实主义小说，如《乞丐卢卡》《朋友拉夫尔》《伊莉娜的遗书》和《布拉卡》。谢诺阿还创作了以萨格勒布生活为主题的喜剧《柳比卡》，深受克罗地亚观众和读者喜爱。

谢诺阿也写诗，他的诗歌以凝练的修辞而著称，他写多种形式和题材的诗歌，如浪漫主义诗歌、民谣、十四行诗、爱情诗、爱国主义诗歌等，他的诗作具有明显的浪漫主义诗歌特征，表达清晰、措辞灵动、情绪温和。

节 日

那是节日的早晨，我至今仍还记得。
阳光透过窗户照射进来，
我年幼的儿子，坐在我身旁的床榻里，
啊，他的小脸是多么苍白！

他坐在我的身旁，阳光
照亮了他金黄色的头发，
小家伙看着我，轻轻地叫了一声"哎——"
他把头埋进我的胸口。

他悄悄地看，看我是不是还在睡觉，
他伸手抓住我的胡子，
用微弱的嗓音，颤抖地
在我的耳边轻声说："爸爸！"

我起身去为面包而奔波，
我的儿子坐在床上，
朝我挥手："再见！"工作的时候我什么都听不进去，
脑海中只有儿子苍白的脸庞。

我匆忙回到家——在那被诅咒的一天……
鲜花被放在了他的额头，
我的儿子，在四根蜡烛间，
落入了永恒的长眠。

他苍白的嘴唇还依旧带着笑！

眼睛里还有火光！
我吻着儿子——一切都崩塌了！
我被闪烁的烛光欺骗了。

我吻着儿子，死亡的冰寒
让我的灵魂发出了惊恐的冷战，
我浑身发冷，但是心里
燃起了地狱的怒火。

这是节日的一天——伴着乐声
到处都是喝醉的暴徒，在咆哮；
那一刻我在儿子面前，跪着，
一边在哭泣，心怦怦直跳。

祭司走过来，举起十字架，
盖上了儿子的棺盖，
敲下了结实的钉子，
刺穿了我的心。

马匹快速奔跑，
把我亲爱的孩子带走了，
那一刻，车子飞了起来——
越过了我的心。

狂欢节上，戴着面具的人们，你们就快乐地旋转吧！
整个世界的魔鬼都在狂欢！
而我的儿子，双臂交叠，
在黑色的土地下沉睡。

在血腥的狂欢节上，我冷汗淋漓，

对的，表演太糟糕了；

我的上帝啊，在梦里我不知所以，

在梦里，我失去理智。

一八七七年

活人的坟墓

我的灵魂渴望着，
有人来将我活埋，
没有替身，没有仪式[1]，
没有焚香，也没有祭司。

但是我甜蜜的坟墓，
不用华丽的石头！
——饥饿的作家，
只需与自己的荣耀，形影相吊。

在那里沉睡，在那里做梦，
做着平静的梦，美妙的梦；
我不在乎那是天堂还是地狱，
也不在乎审判是否给我怜悯。

疯狂的叛道者啊，
你知道，我的灵魂把坟墓安放在哪里吗？
孩子们啊，
它把坟墓安放在自己的心里。

一八六四年

---

1 仪式，基督教东正教的葬礼仪式。

火

"起火了，烧着了！"
"人呢，在哪里？"
"拿水来，快来人帮忙。"
啊，停下，不要过来，
你们灭火的努力，徒劳无益。

我奋力想扑灭火焰，用我的泪水，
因为它让我撕心裂肺；
一切徒劳，新的火焰升得更高，
我心惊肉跳，喘着气醒来。

就让这火永远烧着吧。
亲爱的，它只能用火来烧，
不要跟我开玩笑！

不？在最终的审判，
我会控诉你，用炽热的目光，
将我平静的睡梦和平静的心，点燃。

一八六二年

春　天

冬天的雪衣从大地上褪去，
新鲜的生命在大地上涌出，
温柔的风吹过山谷，
卷起了银色的波涛；

欣欣向荣，
快乐在胸中洋溢，
可怜的你，为什么心慌意乱，
你的心，又为何悲伤？

啊，众生的欢乐，
没有带来喜悦或者开朗，
眼泪默默在流，在天堂；

狂风暴雨，田野青青，
葡萄红润，稻穗鎏金，
而心在哭泣；你问道，小女孩，为什么？

一八六二年

玫瑰的梦

金色的阳光在西边降落，
九月的玫瑰心扉紧锁，
金色的星光，在天上摇曳，
烛光般的月色，飘浮于黑夜的阴影；

清澈的星星，在呼唤年轻的玫瑰：
"请为我们展开你的翅膀吧！"
它们徒劳地呼唤，玫瑰继续着睡梦，
阳光在爱情的痛苦中，继续等待。

清晨的温柔光芒，终于迎来
玫瑰的怒放：
"太阳！你是我唯一的幸福！"

美妙的爱人，你紧锁着心，
世界在你的身边低语，你无动于衷，
纯洁的少女，你只为我姿态万千。

一八六二年

旅行者

艰难的旅行者，迈着炽热而荒芜的脚步，
朝着阴凉处，寻找庇护。
"我的旅行者啊！可怜的人，一切皆徒劳！"
沙漠里，苍穹下，一无所有空无一物。

只有神能给他安慰，
看啊，青翠欲滴的绿洲出现在面前；
麦秆挂满了沉甸甸的果实，
水在草丛里潺潺作响。

我就是这样走过了人生，
荒芜而艰难，没有任何希望，
但是也没有痛苦或忧烦。

神，将你送给了仙子，
一切沉重的哀痛，顿时将我侵袭，
因为天使的翅膀，容不下悲戚。

一八六二年

安东·古斯塔夫·马托什
（一八七三至一九一四）

安东·古斯塔夫·马托什，克罗地亚小说家、散文家、专栏作家、诗人、评论家、游记作家，是克罗地亚现代主义文学的杰出代表。一八七三年，他出生在一个有艺术氛围的家庭，他的祖父是修道院的管风琴师，父亲是一名大提琴手，姐姐则是一位出名的歌剧歌手和钢琴家。

一八九一年，马托什的父母把他送到维也纳军事兽医学院学习，但是由于马托什热爱文学和音乐，把所有的时间都用于阅读和演奏乐器，他的学业没有取得进步，辍学后他回到了萨格勒布。十九岁的时候，他第一次在著名的文学杂志《花环》上发表短篇小说，给当时的作家文人留下了深刻的印象，在他们的介绍下，马托什走进了萨格勒布的知识分子圈子。

不过，不久后马托什的父母再次将他送去维也纳，希望他继续学业。学院将他派往克罗地亚东部的偏远地区，到那里照顾马匹。枯燥的生活让马托什感到无趣，他决定离开军队，去往塞尔维亚。到了贝尔格莱德之后，他凭借过人的音乐才能和文学天赋，很快就进入了文化圈，从事艺术和新闻方面的工作，为多家文学杂志和文化刊物撰写文学评论和音乐评论，除此以外，还在塞尔维亚皇家国家剧院的管弦乐队中担任大提琴手，到处演出。

后来，马托什到了日内瓦、巴黎等欧洲大城市游历，一边旅行一边写作，写出了许多优秀的作品。他的作品题材广泛，得益于自身的艺术天赋，他的作品有很高的艺术品位，同时还有很强烈的爱国主义色彩。除此以外，马托什作品具有很强的表现力和感染力。他善于掌握语言的音乐性。马托什从民间传奇故事、杜布罗夫尼克古典文学、萨格勒布的街头俚语当中吸取灵感，挖掘克罗地亚语的语言传统并加以发挥。同时，他从欧洲文学中吸收语言的多样性，又从东方语言的对话方式中学习直接性和开放性，将这些特性融入克罗地亚语，很大程度上丰富了现代克罗地亚语的表达方式。

在四十一年的短暂生命中，马托什为克罗地亚文学做出了很大的贡献，也对后世作家形成了深刻影响。诗人德拉古丁·塔蒂亚诺维奇对马托什所有的作品进行收集、整理和编辑，并于一九七三年在克罗地亚出版，全集共二十册。

夜　曲

不冷不热的夜；村里的狗叫；迟来的
猫头鹰还是蝙蝠；
花的爱情——浓烈而热情的香气在弥漫，
为庆祝秘密的欢宴。

小蟋蟀伤心地吱吱叫，清澈透亮，
像银色的旋涡；
沉重的眼皮合上，坠入梦乡，
安静像露水般，从天而落。

漆黑的钟楼传来敲钟的声音，
数着困顿的钟点，
微光从高处倾落。

呼啸声，穿过孤独和静谧，
万籁俱寂，
铁轨终被距离吞没。

一九一四年

秋　夜

云层在黑暗的山侧
做着铅一样沉重的梦；
枯燥的影子在漂泊，
穿梭于赤裸的树枝间的黄色的河。

迷雾把房子和塔楼
隐藏在潮湿的原野背后；伤口里的太阳
奄奄一息，盯着黑色的柳，
看着它们变得比乌鸦更黑亮。

一切都是黑暗的，寒冷的；在暮色里，
道路沉沉地陷入
人们不安的盲目距离。

只有一棵骄傲的苹果树，用干枯的叶子
低声诉说着黑暗而荒凉的日子，
正如在宇宙徘徊的孤独的人。

一九一〇年

活着的死亡

我曾有心，一颗童心，
受伤的心，心痛至极！
我曾有心，痛苦的心，
当它离我而去，从此我不再哭泣。

我几乎开心了。但是一天晚上
我痛苦的心——像只小鸟
在黑暗中发现了我，它定住脑袋
在我耳边轻轻地唱起一首歌谣：

——一年以来，每个圣洁的夜
我给一位赤裸的夫人当吟游诗人，
我把她沉睡的灵魂带到一个奇异的地方，
带进了浪漫梦乡，带给了温柔月光。

但是今晚——天啊！——魔法消失了，
像是一颗彗星坠落在我的胸口：
兄弟啊，今夜，我把灵魂交给了魔鬼，
啊，我的心死了，我的心，死去了。

一九〇七年

道路尽头

月光的泡沫下
瀑布在歌唱。
噢，让我想起，
我不再年轻气昂！

噢，原野，土地，空气
都在健康地呼吸！
是啊，夜是别人的晌午，
而对我来说，白昼已渐暗。

——草地在呼唤：
噢，露珠啊，露珠！
我啊，什么时候才能还乡，
难道，永不，永不？

我的朋友，一只蟋蟀，已经在打盹了，
启明星爬上了夜空。
啊，我亲爱的母亲，
此刻正在做什么梦？

在破晓时分，梦就像——
鹤，
灵魂卷起了——
浪。

一九〇七年

钟

这一口钟，像是巨人的呻吟
在他乡的天空下，让我想起
命运的圣歌的另一口钟，
它高挂在我故乡的苦难之上。

悲鸣吧，熟悉的钟！
让你所承受的痛，扬起黑色的帆帱！
用你的钟摆敲击我的胸口，
让我撕心，让我裂肺。

安静地……钟沉默着……吞噬了思绪……
啊，忏悔的心，在夜里让人枯槁！
黑暗中……我孤身一人……身在异乡！
你在我额头上的吻，让我无比煎熬！

愚蠢的脑袋！脆弱的神经！思想啊，请你下定决心，
以智慧的力量，激起意志的力量，
成为旋风，成为暴雨，吹响号角，奋起搏斗吧，
你要成为雷鸣的鹰，像钟一样！

一九〇六年

弗拉迪米尔·韦德里奇

（一八七五至一九〇九）

弗拉迪米尔·韦德里奇，被认为是克罗地亚最杰出的诗人之一。虽然他的作品并不多，只留下一本诗集《诗》，但却以此诗的质量而著称。他在诗中抒发了对风景、自然以及快乐和美好事物的热爱。他的诗歌融合了表现主义和象征主义的元素，给后世作家提供了深刻的启示。

韦德里奇出生在萨格勒布的一个富裕家庭。他的父亲洛夫罗·韦德里奇是一名斯洛文尼亚裔律师。他从青年时代就开始写歌词，并于一八八九年第一次在高中校报上发表诗作。高中毕业后，他先后在捷克的布拉格、奥地利的格拉茨和维也纳学习法律。一九〇三年，他在萨格勒布获得法学博士学位，并成为一名律师。后来，韦德里奇因患精神分裂症，经常在斯滕耶瓦茨精神病院接受治疗。一九〇九年，他在萨格勒布郊区的精神病院去世，年仅三十四岁。

在短暂的一生当中，韦德里奇仅创作了四十余首作品。韦德里奇善于运用具体场景来营造诗意氛围。他对神话人物非常着迷，擅长为野蛮、远古的神话世界赋予形象。他是一位具有强烈视觉想象力的印象派诗人。他的创作灵感来自风景、古代和斯拉夫神话。他写的是生活的美丽，但也写诸如人类失败和死亡等令人焦虑的话题。

他的作品《清晨》和《风景》被认为是最优秀的克罗地亚语诗歌。他的一些同时代诗人，如安东·古斯塔夫·马托什常常因为风格和技术上的瑕疵而批评他，指责他技术不完善。然而，韦德里奇作品的美妙之处并不在于技术细节，而在于其主题和思想。克罗地亚文学史学家伊沃·弗兰奇什这样写道："韦德里奇对世界的感觉，就像一个古老花瓶的碎片，其不完整性反而起到加强效果的作用。这是一个迷人的微观世界，痛苦而清晰，具有神奇的三维效果，远远超出了我们对世界宽度和深度的观念和认知。"

风景（一）

在草丛中，花渐渐变黄
金色的蜜蜂嗡嗡作响，
在那些树干的遮荫下，
大块的云，被涂成白亮。

燕子无声地
在蓝蓝的高空飞翔；
——在红色屋顶下
正午的钟声敲响。

在那些屋顶后面更远的地方，
金色的原野往外铺去，
像波浪一样，平静而安详——
一浪盖过一浪……

风景（二）

月亮是天空的旅行者
轻易地跳下跳上
于明亮的云朵边缘
再次在空中翱翔。

当我推开
在雨滴下闪闪发光的窗，
枝条僵住了，
却仍在轻轻摇晃。

"你看——声音向我传来——
它越过了茫茫夜色……"
我在挂着露水的灌木丛中，看到了世界，
它在那里闪光，在那里死亡。

"谁在跟我说话？"我喊道，
但是灌木丛和花园都在梦乡，
只有月光跃出了明亮的边缘，
在天上徜徉。

"你好啊！"传来一阵笑声，
还是一把沙子落到了地上？
我不知道。——在潮湿的小路上
安静的水在闪闪发光。

清　晨

天亮了。小树林里还是幽暗。
潘神[1]带着巨大的牧笛来了。
他站在细高的白杨树下，
脸上挂着微笑。

暗处出现了几个害羞的影子，
在绿色的草地上舞蹈。
那是美丽的金发少女宁芙[2]，
头上有白色花环环绕……

天亮了。晨露化成
巨大而闪光的水珠滴落下来，
晨星闪耀。白杨树宽大的树叶，
颤抖地眨眼。

潘神在白杨树下，可爱地吹奏着牧笛，

1　潘神：是希腊神话里的牧神，牧神潘是众神传信者赫密斯的儿子，而名字的原意是一切。掌管树林、田地和羊群的神，有人的躯干和头，山羊的腿、角和耳朵。他的外表后来被天主教形象化成了中世纪欧洲恶魔的原型。喜欢吹风笛，因为笛声能催眠。潘生性好色，经常藏匿在树丛之中等待美女经过，然后上前求爱。

2　宁芙：是希腊神话中次要的女神，有时也被翻译成精灵和仙女，也会被视为妖精，出没于山林、原野、泉水、大海等地。她们是自然幻化的精灵，一般是美丽少女的形象，喜欢歌舞。她们不会衰老或生病，但会死去。她们和天神结合也能生出神的不朽的后代。有些宁芙会侍奉天神，如阿尔忒弥斯、狄俄尼索斯、阿波罗、赫尔墨斯、潘神。

仙女在他身边跳着圆圈舞。

小树林沙沙作响——那是风

在黎明的第一道阳光下漫步。

亡 者

闪亮的水充溢在
开垦过的黑土地，
在天上，云朵飘浮着，
飘浮在庄严的寂静里。

它沿着明亮的苍穹，
静静地飘着；
从始至终，
就这样在土地上空徘徊着。

一股浓烟从黑土地的石头上冒起，
滚滚而来。
在僵硬的祭品旁，
倒下的老者沉睡着。

一只强大的手将他杀死了，
永远强壮，长生不老的一只手，
残害生命，
涂炭生灵。

他被杀死了，如今躺在那里，
他的头在天上看着——
静静地腐烂，浓浓的烟从他身上
从地上滚滚卷起。

小树林

明亮草地中的一片小树林，
白天，鸟儿在那里嬉戏，
厚厚的阴影落到草地上，
遮住我的半张脸。
我站起身来，歌唱，发狂，
调整琴上的弦。

"小姐，我会为你抓一只小鸟，
那只在枝头上唱歌的鸟，
我会为你折一根树枝，
带着白雪和花蕾的树枝。
小姐——等乌云散去，
我就为你带来。"

傍晚的云
飘在你的庭院上方，
拱门在融雪的松树后面
变得更白。
小姐，我要给你一只小鸟，
请你在黎明时分放走它。

我也会在清晨的树荫下
等待着。
树林里洋溢着歌声，
因为它在爱意里绽放着——
小姐，整整两个明媚的夏天，
我都呼吸着它的气息。

贴　画

当下雪时，路就变白，
在锈迹斑斑的峭壁上，变白，殒命。
脚步陷在雪里。苍白的月亮摇摇欲坠，
往峭壁投下月光，给它打上了明亮的补丁。

悬崖下，被冰雪覆盖的树林，闪闪发光，
一边做梦，一边崩塌。
蓝色的山谷里有一条玻璃般的河流，
上面飘荡着一幅神秘城市的幽暗图画。

我是受诅咒的巫师，从石头上走下来，
黑暗的心里敲着睡梦的琴；
清澈的雪把我的脚步染蓝，
我的影子落下，就像神的斗篷。

弗拉迪米尔·纳佐尔

（一八七六至一九四九）

弗拉迪米尔·纳佐尔，克罗地亚诗人、散文作家、翻译家和南斯拉夫时期的政治家。纳佐尔一八七六年出生于布拉奇岛，一九〇二年毕业于奥地利格拉茨大学植物学专业。一九〇一至一九二〇年在多地担任高中教师，一九三三年退休。二战后成为克罗地亚人民共和国国民议会主席团主席。在五十多年的多产工作中，纳佐尔创作了诗歌、散文、游记、回忆录等作品，并翻译了意大利、德国和法国的诗歌。

纳佐尔作品丰富，其创作风格由于世界大战而发生重大变化。前期的作品主要是对关于人的生命、民族历史命运、斯拉夫和古代神话、强烈的乌托邦意识和民族意识形态等重大形而上学问题的思考；一战期间和之后，他的诗歌变得更加抽象和主观；二战后他的创作风格转变为爱国主义抒情。此外，作为翻译家，纳佐尔对邓南遮、帕斯科里和歌德的诗歌翻译也受到读者和评论界赞赏。为了纪念纳佐尔，克罗地亚文化部一九五九年设立了"弗拉迪米尔·纳佐尔奖"，以表彰对文学和文化有贡献的人。

内 海

有一片夜海，不知道安睡，

　　却在我的内心深处挣扎和叹息。

　　在阳光像天堂般明媚的日子，

　　我总是听见黑色的葡萄酒在哭泣。

当快乐短暂地出现在我的面前，

　　我总是听见铅灰色的水流入

　　我的灵魂深处，将它染成蓝色。

　　声音越来越响，越来越重。

我听着。我等着。——最后的时刻终于来临，

　　我呼唤它，纯洁、善良而稚嫩的它，

　　是否愿意从水里出来？

　　就像阿佛洛狄忒[1]那样，走出希腊的海。

1　阿佛洛狄忒：是希腊神话中代表爱情、美丽与性爱的女神。阿佛洛狄忒有
　　着古希腊最完美的身段和样貌，象征爱情与女性的美丽，被认为是女性体
　　格美的最高象征。

荆棘丛

在荆棘丛里，马尔科为赤裸的仙女
编头发，一缕接一缕。
她的每一根发丝都像是丝绸一样闪闪发光，
她的每一条血管都在颤抖震荡。

她的心在乱撞，
像一只小鸟一样坠入爱河。
他平静地做着手上的事，
不愿折断一根发丝。

她让他成为了英雄中的英雄。
——在某处的阴影下，
她把自己的一切都赠予了他。

而她永远都无法原谅他，
在荆棘丛中，在荆棘的面前，
他敬畏仙子，却轻蔑凡夫俗女。

蟋 蟀

昨夜，在我布满月光的花园里，
蟋蟀的歌会，并非一帆风顺。
—— 一只老迈的蟋蟀
拍子打错了，唱得杂乱无章。

它的音调时而太低，时而太高，
时而像是一口破损的钟发出的声音，
断断续续地，颤抖着，
像是它愤怒的时候，喉咙发出的泣吟。

夏天将逝而导致的痛苦和恐惧，到处滋生，
会一直持续到冬天！它紧绷着，停顿下来，
为了变得更加苦涩——我不知道
这是在我的花园，还是在我的心坎。

一整晚我都在听它的歌声。我越来越
清楚地感受到这一切意味着什么：
迟钝麻木的感觉让我无处可遁，让我毛孔发寒，
以及最糟糕的夜晚的伙伴：不眠。

当我看到新的一天的第一缕阳光
我猛地站起身来，冷得发抖，
灰白、潮湿的秋天，手里握着死去的蟋蟀
站在了我的门口。

一九一八年

拐 杖

如果我有儿子，我会给他
一根拐杖和一个背包，对他说：去吧！
去环游世界。用你的眼睛去看，
不要给灵魂留下遗憾。

与人为善，切忌作恶，
不必为自己内心的声音而感到羞惭。
让它像燧石一样旋转，迸出火花，
这种感受我从未体验。

我靠想象才能到达的地方，你可以用腿。
我靠思考才能触碰的东西，你可以用手。
而我梦想的事，你能将它变成现实。

当你从出走归来，
当我的树干痛苦得长不出一片叶子，
你手中的拐杖，蓓蕾初开。

点　滴

我的血液当中有一滴神力。
——它在呼啸，燃烧和闪耀。
它穿行于我的血管，在窃窃私语，
就像是穿过高山瀑布的细流缕缕。

当我被黑暗充满，它的光辉和光芒
就会像彩虹一样在我身上闪动。
而当我像坟墓一样沉默，寂静无声，
它就会沙沙作响，在言语，在歌唱。

我不知道这滴神力源自何处，
它像一个孩子，而我不是它的生母。
土地的汁液没有把它交给我，
而我知道它蕴含着我一切力量。

我能感觉到自己的小小世界：
繁花密布的白昼，繁星满天的黑夜，
全是这滴神力的馈赠。
也因为有它，我将永生不灭。

汀·乌耶维奇
（一八九一至一九五五）

汀·乌耶维奇，原名奥古斯丁·乌耶维奇，克罗地亚文学家，被认为是克罗地亚有史以来最伟大的诗人之一。

乌耶维奇出生在达尔马提亚的一个小镇弗尔戈拉茨，后在萨格勒布哲学院学习克罗地亚语、古典语言学和哲学。在学习期间，他追随克罗地亚早期现代主义、唯美主义前驱——诗人安东·古斯塔夫·马托什。但在一九一一年，他放弃了克罗地亚民族主义立场，转向南斯拉夫主义。一九一三年，他移居巴黎，第一次世界大战爆发后，他加入南斯拉夫委员会的组织，但他一九一七年便离开了，因此而失去了生活的物质来源，直到一九一九年一直生活在贫穷之中。从巴黎返回后，乌耶维奇在萨格勒布短暂停留，后前往塞尔维亚的贝尔格莱德居住至一九二九年，完全融入了那里的文学界，并出版了两部诗集。一九三〇至一九三七年，乌耶维奇离开贝尔格莱德，移居到波黑的萨拉热窝。一九三二年和一九三三年，他分别出版了两部诗集《路上的车》和《悲惨的钟声》，这两部作品标志着他的创作进入成熟阶段，使他成为该时期最重要的诗人之一。

随后，他在克罗地亚第二大城市斯普利特居住了三年，一九四〇年移居萨格勒布直至去世。一九三八年，他出版了散文集《客栈门口的人》和《混沌手术刀》，后长期供职于克罗地亚报刊《规章》。

乌耶维奇的抒情诗歌很有名。直到去世前，他出版了五部抒情诗集，大量诗歌仍未出版或散布在杂志和报纸中。后来，有人收集整理了他的作品全集——《文集》。《文集》一共十七卷，从一九六三年起陆续出版，到一九六七年全套出版完成。他的早期作品常常与家园和宗教象征主义相关，追求传统的音节和形式，较为复杂，内容则侧重于爱情和自省。成熟期的诗歌充满了表现主义、未来主义和超现实主义元素。乌耶维奇还借鉴法国现代主义文学的特点，创作诗歌散文。除此之外，他还在新闻、传记和文学批评领域撰写了大量文章。乌耶维奇对东方哲学（主要是印度哲学）有浓厚的兴趣，他认为这是对西方理性主义和科学主义的补充，因此他撰写了许多文章来探讨东西方文化的问题。为了生计，乌耶维奇也大量从事翻译工作：他翻译了许多名家名作，如波德莱尔、兰波、惠特曼等，这些诗人在乌耶维奇身上留下了深刻影响。

从第一批作品面世到今天，乌耶维奇一直是深受读者和评论家喜爱的诗人，他与克尔莱扎齐名，被认为是克罗地亚现代主义大师。

日常哀叹

软弱有多难，
孤独有多难，
年老，年轻，谈何容易！

我软弱、无能，
无处可去，无人可依，
我躁动，失望。

沿着路走着，
却被踩到泥泞里，
天上没有半点星光。

也没有命运的星光，
照在摇篮上，
照出彩虹和幻象。

——啊，上天啊，
请你记住你为我立下的
光芒四射的承诺。

啊，上天啊，请你还要记住
爱，胜利，
贺礼和桂冠。

请你了解，你的孩子
正穿行于世界的阴暗山谷，

披荆斩棘，坎坷崎岖。

没有人怜悯他，没有人爱他，
他双腿淌血，
心灵受伤。

他的骨头疲惫了，
他的灵魂忧伤，
孤独，被遗弃。

他没有姐妹也没有兄弟，
没有父亲也没有母亲，
没有情人也没有朋友。

无处可去，无人可依，
唯有心上的刺，
和手里的火焰。

他独自一人，孤独旅行
在幽闭的蓝天下，
在幽暗的大海前。

他该向谁诉苦？
连流浪的兄弟
也不愿意聆听他的话语。

啊，天啊，你的话正在烧灼，
卡在喉咙，
引人落泪。

那番话好比篝火，
我必须呐喊，
否则就会怒发冲冠。

如果我不能成为屋顶的呼叫，
就让我成为山上的篝火吧，
让我成为火焰中的呼吸！

上天啊，请让这
无声的苍穹下的
悲伤的流浪结束吧。

因为我需要强有力的话语，
因为我需要回应，
需要爱，需要神圣的死亡。

艾草的花环是苦涩的，
毒药的杯是黑暗的，
我为炽热的七月而抽啜。

因为我厌倦了软弱，
因为我厌倦了落寞，
（如果我能变得坚强

如果我能变得快乐），
痛苦，最痛苦的是，
尚还年轻，却已老了！

夜　曲

今夜我的额头在发烧，
今夜我的眼皮在冒汗；
我的思想照亮了梦，
今夜我将死于美艳。

灵魂深处很可怕，
它是夜的火把；
我们在寂静中哭泣啊，哭泣，
在孤独中死去啊，死去。

困于自己的雾中

囚禁在自己的云雾中，
幽禁在自己的黑暗里，
每个人却热切地奔向
自己的星，自己的玫瑰，自己的罂粟花。

每个人都渴望欢庆，
渴望童真的幸福，
渴望无辜与无知的
晴明和深沉。

我们温柔的希望
在压抑的云上，迎着骇人的闪电，
发出尖叫：
保持纯真啊。保持圣洁。

就算我们的灵魂消失，
我们当中的圣人消失，
就算没有白色的衣裳，
我们也要当个孩子，当个孩子。

光的怀旧

今天我被天空的广阔压抑着。
我害怕：蓝色的波浪将
我的孤独，带到致命的高度。

不管是烈日炎炎还是寒冬凛凛，
我在黑暗中感受着黏土做的四肢，
脆弱的骨头历尽劳辛。

我身边的人全是我们同族，
女人的身体用老旧的黏土捏塑，
形状是：方体、球体、圆柱体。

所有的眼睛都是浓浓的黑色。
我忍受着赤裸的肉体，
徒劳地寻找春天的香气。

我为伤口和受伤的性别负疚，
它们叫喊着："心被箭穿透。"
我不在乎：哪一只的手，

哪一只柔软的手
会将我从黑暗的无尽苦海拯救？
难道爱不是（爱，你知道的）

给温顺的小孩的谎言？
是我从火焰的杯里喝到的泪泉；

心灵把幻想编织的布撕烂。

当右手向星星挥动时，
我知道会有一个我不知道名字的太阳
将我带到九天之上。

但是我将永远被流放在生活的低地，
这里的太阳，我同样不知道它的名字。

软　弱

在这雾里，在这雨里——
酒醉的心，你不要叹息。

你的爱白费力气，
而现在寻找你的故里，

你的渴望，奴隶的呐喊，
在坟墓的周围寻觅。

——我快要在这里断气，
我快要在这里枯萎，

在我们蓝色的，蓝色的波浪，
在我们白色的，白色的岸上。

圣神的天，我会在
你的穹顶下，找到所需要的一切，

阳光和晴空
洋溢在祖国的故土上。

高大的杨树

它们有着高高的额头，飘扬的秀发，宽阔的胸襟；
它们的树叶所发出的雷鸣般的巨响，足以将大海唤醒，
当它们挥手时，世界的维度会拓宽
会躁动，扶摇直上，进入宇宙。

但是，它们的力量来自苦难，
来自痛苦，来自囚禁，来自饥饿和它的黑暗仆人。
它们拥有活到最后的信仰力量
拥有在黑暗中闪耀的光明
和乌云背后的艳阳……

它们有雄鹰的飞翔，也有鸟儿的雀跃，
它们懂得最扣人心弦的诗歌，
那是献给自由世界的诗歌，献给美好的世界，
献给劳动的人，献给
在哭泣中出生，又在磨难中成长的孩子。

它们用雄壮的右手不停地
为人类建起宫殿。普罗米修斯之家！
良知，就像世界的火花，在燃烧
它们的周围，
点起了为权利自由而奋斗的火把。

然而它们的头颅孤独地
正直而纯洁地矗立在乌合之众的头上，
傻子和恶棍不会了解，

它们美丽而苍翠的树顶，
将划破白昼明亮的地平线。

所以，确实，河水流入山谷，
流向鲜花悄悄地泛起蓝色、红色、黄色的地方；
在红色的秋天，当道路延伸到它们脚边，
会转向苍翠的深渊。

我们默默地走下白色的山谷，
它们，孤独地、骄傲地在高处颤抖，
因为不能把我们带到高处，
而痛心疾首。

它们的树顶，只有诗歌在那里筑巢，
只有仙子飞过，或者狂风飞袭；
比它们更高的只有太阳；只有繁星，繁星！

延伸的世界

我周围的事物都有着深刻的意义。
路边的花，有自己的意思和语义。
夜里，河流轻声诉说着不言而喻的秘密，
而风，不时悄悄道出奇思妙想。

动物的眼睛闪烁着表达的愿望。
山上的石头，呈现出不定的面貌和思量。
无意识的良心在想：韵律的恶性循环
是否还有出路？

清醒，再一次，成为了失真的画面
就像要去迎接最深沉的秋天，
就像耶稣背着十字架，
就像大自然为所有人铺好了最后的被垫。

梦游者在地上走着（他们可能喝醉了）
被这些无声的话语暗暗感动着，
仿佛在想：看啊，日子慢慢地结束了，
现在我们不在乎，结束在上个世纪还是去年。

梦游者孤独地走着，没有说话的意愿，
但是，无论如何：他们可能只是喝醉了。
谁会去迎接那个谁都已经经历过的
古老的发现，他们在另一种存在中生活过，
他们接二连三地继续下去，像极了喝酒的人们。

旧的土地抱怨一切太小了，
小的土地无声无息地在空间里延展着。
旧的土地再一次成为理想的故乡，
而土地的寓言，穿着洗干净的衣裙，在天空流淌。

梦游者孤独地走着，没有说话的意愿，
接收着传到自己嘴边的世界的声音，
然后，不知不觉地，他们窃窃私语道：
宇宙是多么深邃，又是多么繁浩。

在宇宙结义

不要害怕！你并不孤单！除了你还有其他人，
你虽然不认识他们，但他们过着你的生活。
你经历的一切，就像梦一样，
以同样的热情、美丽和纯洁在他们身上燃烧。

不要骄傲！你的思想并非只属于你！它们也存在于别人心里。
我们都在黑暗中走过同样的道路，
我们同样在寻觅的空气里彷徨，
我们互相敬仰。

你与每一个人分享，你们都是一样的。
请记住，自古以来便已如此。
我们都重复着自己，伟大而纯洁，
就像是还不知道自己名字的孩子。

人们与我们分享力量和罪恶，
而我们的梦，来自同一个源泉。
我们灵魂的粮食也来自共同的碗，
而自私，是刻在我们额头上的章。

我们对立着，以为
自己总比对方好，而我们都只是一片黑暗，
而我们在杀戮中的流血和失败，
只是心灵历史的一段。

我们有着同样的罪恶和快乐，

让沉重的负担落在我们的肩膀上吧。
这句话对傲慢的耳朵来说是多么可骇，
而对绝望的幸福来说又是多么可爱。

在远方的某个陌生人那里，在遥远的
星星，我将发散；而在这里，在一根细线上，
在熄灭的花朵中，在驰骋的世界，我被粉碎，
何时，我的本质，才能到达远方？

我还是我，即使我不在了，却依然倔强，
我是大量牺牲者的金字塔尖；
啊，宇宙啊！我在万物中生存和死亡，
我在弟兄们之间，无名地屹立着。

逝者的诗篇

朋友，我不在了，
我不只是泥土或者野草，
你手中的书，
正是我沉睡的那部分。
读它的人会将它唤醒。
唤醒我吧，让我成为你的清醒。

我再也没有春夏，
也不再拥有秋冬。
我只是可怜的逝者，
不再接受世间的众生。
我的生命只留下了
怀里的韵文。

死亡面前，我将自己（竭尽全力地）
藏在诗句中。我在黑暗中锻造它们，
而你的心却将它们拒之门外，
它们只能成为影子和死气沉沉的字。
敞开你的心吧，我会去找你，
就像汹涌的河，流入崭新的河床。

我想在你的怀里
再活片刻。我将给你
一切的美好。一切思想。一切美梦，
被时间无情带走的一切，
一切的欢乐，一切的爱，一切希冀，

一切——关于死亡的回忆！

让我回到旧的时光吧！
我想要光明！金光闪闪的太阳
照亮了一切。陌生的朋友啊，
我想要温度，想要广阔的视野。
还有欢愉！以及我的夜空中未曾有过的
星辰。亲爱的，请把它们还给我吧。

哀悼者在我的生活里盘旋，
就像夜里的飞蛾。
帮我抬起我的眼皮吧，
为我伸出渴望的手吧。
我想变得年轻，我想去爱，
我想被爱，我陌生的朋友！

现在我的生命就掌握在你的手中。
唤醒我吧！我们将一起
通过诗句再度体会那些停顿的时光，
体会旧时的遗梦。
在生命的门前，我是一个乞丐。
听我的敲门声！听我从坟墓里发出的呼喊！

风　琴

我的心灵没有编年。

思想的风景，是手风琴的声音。

蝙蝠最终就像白内障。

梦从哪里开始？完结于何方？

土地长出头发。古老的明信片上

有月亮的临摹，让我迷醉。

我们沿着路走。路很长。

我们最后才意识到，路绕成了圈。

在白天，月亮向我们倾注它的预感。

野栗花开了，散发出椴树的香气。

在我们心中，燃起激情的火焰。

黑夜为我们派来一只猫头鹰，那是它的使徒。

夜充满了神圣的恐怖。

我们的帽子独自爬上了清醒的头顶。

广袤的森林将我们淹没，

叶子在我们的心灵上长出。

是嘴在说话，还是天空在弹奏？

路边的旅馆是平静的地方。

我们穿行于真实的存在。

炽热的花粉落到我们的眼皮上。

今夜，传来了清澈的钟响：

哈利路亚，幸福啊，病苦的人们站起来了。

疲惫的双腿再次为我们效劳，

带我们去寻找大地的希望和众生的光。

暮光在尽头，梦着晨曦，

今夜在苍白的聚光灯下嘶嘶作响。

鸟儿在叫着：燃烧吧森林，燃烧吧。

一道光落在了歌曲之上，

穿过树林，唤醒了沉睡的、

干涸的泉眼和疲倦的河水。

沿着水流，风将回声带到很远。

看啊，大地在倾诉；看啊，森林在流泪：

路边的旅馆还在等待演奏的人。

演奏的乐声打断了我们的交谈，

而那梦幻般的声音，正是我们的话。

当歌曲让我们迷醉时，身边总是缺了某人。

我们苍白地面面相觑。我们缺的正是自己。

米罗斯拉夫·克尔莱扎

（一八九三至一九八一）

　　米罗斯拉夫·克尔莱扎，克罗地亚小说家、散文家、诗人、剧作家，被认为是二十世纪克罗地亚最伟大的作家。

　　一九〇八年，克尔莱扎在布达佩斯的奥匈军事学院接受训练。在一九一二和一九一三年他曾两次试图加入塞尔维亚王国的军队，均以失败告终。由于这一举动，他被学院开除，随后在第一次世界大战期间，他作为一名普通士兵前往前线作战。从前线返回后，他投身于社会民主和共产主义运动，反对塞尔维亚民族主义意识形态和彼得二世(塞尔维亚时任国王)的君主制，并创办杂志，与左翼文学的教条主义者展开辩论。克罗地亚独立国（二战时期纳粹控制下的政权）成立后，由于政治原因，他的书被禁，名字也不能被公开提及，他只能依靠朋友的接济为生。第二次世界大战结束后，他开始从事《共和国》杂志的编辑工作，同时经营着新成立的词典学研究所。一九五二年年底，克尔莱扎在卢布尔雅那（斯洛文尼亚首都）作家联盟第三次代表大会上进行了演讲，他的这场演讲宣告了社会现实主义和教条主义在克罗地亚艺术中的主导地位的终结。二十世纪六十年代，他创办了重要的文化和文学杂志《论坛》，以该杂志为中心，聚集了许多克罗地亚知识分子、军事和政治精英成员。

克尔莱扎的文学作品以诗歌、戏剧和叙事散文等现代主义作品为主。他的作品具有复杂性和多样性，其特点是作者对文本的不间断干预，即从文本的第一次出版，到不同的版本，再到最终版本不断在变化，而在此背后蕴含的诗意和意识形态观念也不断发生转变。他的作品被翻译成多种语言在世界各地出版，如捷克、波兰、匈牙利、法国、英国、美国、俄罗斯等，并被收录在众多外国文集中。许多艺术家根据克尔莱扎笔下的角色创作了著名的漫画。在克罗地亚城市萨格勒布、奥西耶克、奥帕蒂亚和匈牙利首都布达佩斯都可以找到克尔莱扎的雕像。

尽管因为政治立场，克尔莱扎的作品在两次世界大战之间的时期被禁止，但他的思想对二战后的南斯拉夫的文化和政治舞台产生了很大的影响。精力充沛、智力强大、学识渊博的克尔莱扎以极大的热情从事写作，无畏地批评政治和社会的不公正。他的作品的特点是他对人文主义和个人思想自由的不断追求，对社会和精神限制的无限抗争。他被认为是二十世纪克罗地亚最伟大的作家。

渴　望

在一个秋夜，
当栗子掉落在柏油路面，当远处传来狗叫声，
当对某人的难以名状的渴望油然而生，
某个善良，亲近，亲密，甜蜜的人，
某个你愿意给他写信的人，
我们将他比作心中常有的一切，
我们为他写好了信，而他却不知所踪。

秋天的诗

不知名的某人将秋天
带进了北边的房间。
啊，现在，
当一切都染上了葡萄酒的颜色和香气，
当死去的人从坟墓里发出渴望的叫喊，
不知名的某人又把
银色餐盘上的秋天带进了房间：
葡萄和梨，苹果和无花果。

外面的风吹拂着盛满了阳光的水洼，
窗外传来了女人的歌声，
充盈于丝绸般的白昼。

鸟儿在啼叫。

灯塔员的诗

我孑然一身，只有空荡荡的房间，
暗处有一盏灯，有一盏灯和一座坟墓，
我形单影只，形影相吊。

我孑然一身，只有空荡荡的房间，
只有自己的船，自己的破船。

我的光线穿越黑暗，
像信号烟火那样飞翔，
穿越了泥泞和迷雾，逃出了愚蠢和沼泽，
它就是一首诗，如同坠落的星辰。

时　钟

与时钟的嘀嗒声相比，人的生命算什么？

弱不禁风、不堪一击的芦秆。

人们离开了，关上了身后的门，

房间里的时钟独自留下，智慧地敲着。

蜡黄的嘴唇，吐出最后的一口气。

双手合十，烛火摇曳。

时钟继续敲着，平静地敲啊敲，

房间里安静得就像乡村的夜晚。

杯子响了起来。欢宴。桌布和葡萄酒。

人们在呼喊。欢乐。时钟照样走着。

敲着，在墙上念着

古老的、关于流沙的诗歌，

沙从死亡之手流出，榛子树溅出了火花。

黑暗而疲倦的下午

今天的下午是黑色的，疲惫的，
夜幕降临在庭院里，蓝色的影子在饮啜，
我目光的长矛击碎了灰色的悬崖。
我目光的长矛击碎了
灰色的、乌黑的、阴暗而悲伤的、无望的悬崖。
灯嘶嘶作响，鸟儿的病吟消失了，
疲倦的晚间时分不断推进
而夜幕降临。

红色云彩的节日

今天是红色云彩的节日，
今天的炉子里的红色音乐愉快地演奏着，
今天还有一些奇怪的鸟儿在唱歌。
黄色的戒指
今天光辉四射。
服务员
站在咖啡馆里，疲倦而又难过，
一切看起来
就像一梦南柯。
今天是红色云彩的节日！

黄　昏

西边天空的塔一下子黑了下来。
我们温暖而神圣的幻觉
走在黄色栗子树的林荫道。
狮身人面像踩着金色的蹄子吗？
闪电在她的头发里燃烧，
她穿着丝绸长袜吗？
噢！谁知道？
我们神圣而温柔的幻觉
走在黄色栗子树的林荫道。
最后的蟋蟀唧唧叫着，春天的月亮在微笑，
云朵敲着银色的钟，像是颤抖的舞者。
阴森森的城市天际线后，
一轮金色的圆盘在天空翻涌。
月亮绿色的尖叫声，在银线上尖叫着。

孩子手里提着一盏红灯笼。

十一月夜的风

今晚所有的锁都灌满了风，
他在黑暗里奏响了漆黑的声，
前些天的夜里，风吹醒了
北境的黑暗冰块上的企鹅，
而今晚，它来到南方，弹奏着
挂晾棉布的绳索，让窗户的玻璃颤抖瑟瑟。

那是秋风的乐曲，拍着卖栗子的人的
潮湿的、肮脏的、灰色的帆布袋，
风像夜里的女孩那样
躲到广告牌背后，
像钟摆那样敲打着门上的招牌。

一切都是黑色的。风的琴声
从树枝、电线和旧屋顶上掠过。
今夜，船在与黑暗的波浪搏斗，
而风扯断了船的帆、桅杆和船头。

旅馆门前的马

旅馆挂着红色的窗帘，弥漫着酸酸的酒香，
马的颅骨在旅馆门前，悲伤地沉默着。

灯的光滑过了灰色的毛茸茸的马腿，
马的头在等着，把光抬起和压紧。

它用马蹄敲着石头，在雾蒙蒙的灰色的街上
疲惫地踱步：悲伤的回忆爬上了它的心。

阴影在潮湿、困倦和悲伤的瞳孔里闪烁。
它继续在等待着。

等着夜晚的女孩
在街角的灯下带着微笑出现。马的脸在毛发下抽动着。

马的头颅依然沉默着。在耻辱和嘲弄的面纱后，
在旅馆门前整夜地等待着，最终冻僵了。

关于梦

有一些古老的梦被蜘蛛网缠满了，
它们就像是百年的灰色瓶罐，
又有一些梦是铅色的和黑暗的，
当石磨像地狱的磨具那样碾压着我们。

有一些梦像布拉班特[1]的厚厚的画那样奇怪：
在充满了恐怖、战争、火灾和喊叫声的街上，
魔鬼在教堂钟楼的拱门下窥视着，
景色是黑暗的，充满了蓝色和绿色的景观。

就像年老的做梦者和腐烂的日历，
梦中存在着许多陌生的新奇。

影子在移动着，穿着骑士的盔甲，
念着真诚而沉重的词话。
在梦中，人的形象变幻莫测，
旁人的心中，盘踞着恶毒的蛇。

纸牌被打出，锤子敲了一下铃铛，
在月光下发出微弱的声响。

苏醒的事物既模糊又清晰，
思想的蜡烛在梦里熄灭，
燃起了不寻常而美丽的颜色。

1　布拉班特：中世纪欧洲西北部的封建公国。

在清晨，梦就像旧画的光芒那样消退了，
裂缝在画面上移动着，
出现了一个又一个影子般的斑驳。
角色的样貌变得越来越不清晰，最后消失了。

梦的颜色就像手掌里的鸟儿，
在指尖温暖的触碰下，颤抖着翅膀，
把震颤、云彩和闪光映入心房。

安东·布兰科·施米奇
（一八九八至一九二五）

　　安东·布兰科·施米奇，一八九八年出生在波黑的德利诺夫茨，是克罗地亚诗人、评论家和散文家。施米奇没有接受过高等教育，因在萨格勒布的文法学校学习时，他产生了想要创办杂志的想法，而当时法律规定学生不允许办报纸，他不得不放弃学业，以创办《维雅维察》报。这是一份以文化与艺术为主题的报纸，施米奇在上面发表了许多文章和诗歌。他也在其他刊物上发表作品。

　　在早期的创作过程中，他一直模仿安东·古斯塔夫·马托什的诗歌风格。一九一三年，他第一次发表了自己的诗歌。后来，他对诗歌的理解发生了根本性的转变，他的创作开始否定传统并挑战文学与现实的联系。

　　一九一七年至一九一九年，处于表现主义阶段的施米奇的诗歌创作风格自由。在该阶段，他的诗歌充满了抒情元素，也有着躁动和绝望的情感。在创作过程中，施米奇会采用"电报风格"，省略了语法之间的联系和标点符号，以尽可能简便地传达对周围环境的感知或者是强调生活的快节奏和高强度。

　　后来，在一九一九年，他又出版了杂志《冲锋》，他强调自身文学方面的表现主义信念，他认为艺术是世界上最强烈的体验，因此艺术、艺术品和艺术家必须保持独立。

一九二〇年，他出版了诗集《变形》，该作品是克罗地亚诗歌代表作，也成为了克罗地亚现代诗歌的基石。在书中，作者借鉴了德国诗人何尔兹的风格，使用特殊的画面安排，并引入"上帝""爱""死亡"和"诗"等主题，融入到有着多重变化的世界图景中。施米奇对诗歌视觉方面的兴致不局限于绘画的结构形式，还存在于对诗歌内容的着色中。在作品中，施米奇以多色表现永恒的信仰，而在之后的抒情诗中，彩色消失了，取而代之的是无色和黑白两色。这样的风格化的色彩运用、诗意符号的视觉化、留白等给克罗地亚当代诗歌带来了重要启示。

同时，施米奇还要求作家摒弃一切装饰性修辞。他是克罗地亚第一位去掉束缚着诗人的创作的韵律的人，他转而采用自由的形式发声，创造了一种"由内而外"的诗歌模式。

一九二三年，施米奇同米兰·贝戈维奇创办了杂志《文学家》，并在文章中批判社会和文化现状，倡导人们摈弃旧的价值观，建立新的"乌托邦"。施米奇除了对克罗地亚及塞尔维亚文学有着深入的了解，还对德国、奥地利、法国及斯堪的纳维亚的文学有一定了解，并翻译了众多国外的作品。

施米奇是克罗地亚杰出的现代主义诗人，他推广了自由诗歌的理念和新的作诗手法，让克罗地亚诗歌融入欧洲的文学行列。二十世纪六十年代以来，施米奇的诗歌作品得到了广泛的传播。以他的名字命名的文学奖项"安东·布兰科·施米奇奖"是为了表彰对克罗地亚诗歌发展有突出贡献的诗人的大奖，自一九九八年起颁发。

诗 人

诗人是世上的奇迹

他们在地上来往
他们巨大而沉默的眼睛在事物身旁成长

他们把耳朵贴在
包围和折磨着他们的沉默上
诗人成为了世界的永恒颤动

爱　情

我们熄灭了黄色的灯

蓝色的斗篷落在你的身上
云朵和树木在外面沙沙作响
雪白而沉重的翅膀在外面飞翔

我的身体在你的双腿下延伸

我双臂弯曲　热切地祈求

亲爱的，让你稠密的秀发
穿过黑夜，形成旋涡，旋涡

穿过黑夜
亲爱的秀发　发出低沉的潮音
像大海

凝重的空气

今日去往何处？
我的母亲走进房屋
坐下
目光呆滞地看着我

我放下书，离开房屋

赤红色的太阳奄奄一息
挂在田野的边缘和黑色的树干之间

我站在路中间
发出呐喊
用尽全身的力气

劝　告

人们啊，你要小心
不要在星辰下
自惭形秽！

放手
让温柔的星辰之光
掠过你全身！

当你用最后的目光
与星辰告别时
也不要悲伤！

在一切的尽头
你的灰烬
也将会成为星辰！

回　归

你不察觉
我的归来和我的趋近

当你在夜里听见寂静的月光在耳边沙沙作响时
请你知道：
那不是月光在你的房子周围踱步
而是我在你花园的蓝色小径上踟蹰

当你沿着道路走在死寂而明亮的晌午
你停下脚步
被奇怪的抽搐声吓到
请你知道：
那是我的心从岸边发出的呼号

而当你穿过暮色看到一个黑色的影子
在黑暗而平静的水面的另一边移动
请你知道：
那是我在行走，笔直而端庄
犹如在你身旁

梦游者

黑夜的神
月亮
从天而降
蹑手蹑脚地走到我的屋子旁

它轻轻地爬上我的窗
把目光投向于我

它诱惑我走进夜色

我站起身来……脸色苍白……月亮笑着

我沿着屋顶的边缘小心地走着
在高处穿行于夜色
——月亮将我捧在温柔的手中——

噢，我是多么轻盈……超凡……我飘浮着
甚至可以站在树叶上

地上传来的声音，请不要呼唤我
这是我非凡的死亡

我在高处飘浮着 穿过了苍茫

与自己告别

我们站在世界的边缘
看着最后的星星坠落到夜空深处

我们跟随星星一起坠落

我们已经站在自身的最边缘

是谁把我们脚下的土地无声地移走
让它看起来像星星那么遥远？

星星消失了
我们当中谁还能感觉到自己？

我们永远地崩溃了

我们的道路没有终极　　我们的坠落悄无声息

中午和病人

蓝色的中午
坐在云端

在一间无人进入的房间
病人死了
一只黑鸟默默地在他身边

赤裸的女孩在花园里晒着太阳
从瀑布中涌出的蓝色小溪
坠入森林深处的
蓝色虚空

······

病人死了：
变成了房间里的一样物品

黑色的鸟
飞走了？

天空下
孔雀闪闪发光的大屏尾羽
从云端垂入花圃

诱　惑

他，他不在了。跑了。楼下的
房门被重重地撞上
就像上次一样。

我该跟他一起冲下楼梯吗？
我愣住了，站着。

地上是被踩坏的花

窗外
红色的星星大声地笑着

我用尽全力往夜里呼喊
窗户的玻璃都震颤
又安静了下来

夜里
城市的铁石心肠沉默着

我赤裸的身体颤抖着
沐浴在星辰的冷光下

田园牧歌

我们忘记了冬季和寒冷，霜和雪
我们把羊群赶到了高高的山顶，
而歌声又将我们赶到山下的田野——
我们庆祝着夏日的阳光……

远处村庄的小房子在打着盹儿，
在老椴树的阴影下
梦游者的母亲整天
仰望着九月的云在蔚蓝色的天空中飘，
像秋天的、爽朗的美梦那样开散。

——来吧！……女孩们在向我们微笑，
向我们敞开心扉——
而别处有枪声响起；女孩的笑声
唤醒了心灵深处的欢腾……
——来吧！……让歌声从山谷爬上山峰，
让我们庆祝夏日的阳光！

古斯塔夫·克尔克莱茨
（一八九九至一九七七）

　　古斯塔夫·克尔克莱茨，诗人、作家、翻译家，精通俄语、捷克语、斯洛文尼亚语和德语，是克罗地亚文学翻译协会的首任主席。他出生在克罗地亚的卡尔洛瓦茨地区，成年后在萨格勒布大学攻读哲学。第二次世界大战期间，克尔克莱茨任南斯拉夫政府官员，生活在贝尔格莱德，战后携家人回到了克罗地亚。

　　克尔克莱茨最重要的文学作品就是诗歌。他的诗作言简意赅，直接明了，既表现出日常生活的宁静与快乐，又有哲学思考的深度。除了诗歌以外，他还写散文、评论、游记、专栏等。他大量从事文学翻译，以俄语和德语为主，翻译过普希金、布莱希特等诗人作品，获得极高评价。

激情的灰烬

对彼此的欲望
像毒药那样被注入到你和我的体内；
我们的激情卷成了死亡的圆环
——在漫长的日子里默默燃烧。

我们的夜无眠，充满了痛苦和尖叫，
我们用每一个动作将彼此寻找。
不幸的恋人，
遭受着死亡的威胁。

永恒的活力，不安的源泉
黑暗，成为了我的灵感。
——在我来到你家门口之前
我的肺竟背叛我，把我的气息散尽！

在我炽热的前额，每一天都是伤痕，
在我灵魂的深处，每一夜都是血印；
对你来说，每一天清晨都是不祥的征兆，
而每一个晚上，黑暗的疑惑，让你窒息。

我们互相扭打。心如刀绞。
我们的身体在燃烧。我们彼此寻找。
我们失去了一切。在迟到的黄昏
口中绽放出鲜血。我们醒来了。我们身在何处？

我们在海上，在狂喜中，

在一个没有世界的世界，被无形的焦虑吞没了。

我们孤独，在睡梦中，两道闪电交锋、

狂怒、骚动……

银　路

一

我不知道你是谁，听我说，好朋友，
当夜幕降临在你的屋顶时，
猫头鹰叫着，在黑暗中出现，
而云像鸟群那样盘旋
在村庄的钟楼和房屋上空——

请你走进夜里……走吧……沿路的
野玫瑰会让你迷醉。荆棘会开出花朵，
水面的睡莲会为你睁开眼眸。

走吧……银色的头蓬
会沿着路降落，让你的心把你带到远方。

二

你懂得将世界
带进你的内心，让你心底的
群星闪耀，深渊退却
——只要你愿意——你可以用在你的内心中咆哮的
风暴来抵御风暴。

走进夜里吧。夜莺
会在黑色的灌木丛里歌唱。旋风在低语。
头上的白色星辰会为你发光。

只要你愿意，你很快就会遇到
在路上跟随着你的神祇。

三

人啊，不要相信黑夜，或
折断你意志的脊梁的飓风。踩死
路上的蛇和蜥蜴，
做一个匆忙的旅行者，
快步走向绿洲。

走进夜里吧……走吧……沿路的
野玫瑰会让你迷醉。荆棘会开出花朵，
水面的睡莲会为你睁开眼眸。

走吧……银色的头蓬会
沿着路降落，让你的心把你带到远方。

致无名者

壁橱上的古董钟睡着了。
它的指针已经锈得发黄。
疲倦的灯悄悄勾勒着
狭窄而孤单的路。

我不知身在哪里？疲惫的眼
发现了阴暗的东西。那是夜。温暖。幽蓝。
万籁俱寂的时分是如此艰难，
当过去，在半梦半醒间交缠。

我关掉古老的灯，闭上双眼。
没有人会来看我，
没有小偷，没有客人，没有朋友，也没有情人。

我把头靠在寂寞的翅膀上，
听着夜间火车的呼啸。
——噢，你现在在哪里，无名之人？

风中的叶子

我在天使和魔鬼的心中死去，
或者成为第三种死去的东西。
等你回来的时候不会再找到我；我的一切
将消失得无踪无迹。

在故里
将不会留下我的血迹，或者足迹。
亲爱的，等你回来，
也许只会有枯萎的树叶还记得我。

在秋天架着黄色的马鞍
穿过我们的果园，急卷而来之前，
我就像白松的叶子那般，枯萎了。

我的日子就像叶子那样飘着，
仿佛愤怒的旋风里的一把尘末；
我的生命全然破碎，飘零，散落！

多布里沙·采萨里奇

（一九〇二至一九八〇）

　　克罗地亚诗人多布里沙·采萨里奇一九〇二年出生于克罗地亚东部波热加地区，一九一六年随家人移居首都萨格勒布并且开始写诗。一九二〇年入读大学，主修哲学。一九二三年，与友人创办《奥松》杂志。除了诗歌以外，采萨里奇还撰写评论、回忆录等，其作品被翻译为德语、俄语、保加利亚语、斯洛文尼亚语等出版。一九五一年，采萨里奇正式成为南斯拉夫科学艺术院院士，一九六七年获克罗地亚文化部颁发的"弗拉迪米尔·纳佐尔奖"。

　　采萨里奇一生发表了一百六十五首诗歌。他的抒情诗歌具有浪漫主义和现代主义色彩，擅长描绘乡村生活和城市景观，构思独特，善用隐喻，情绪饱满，音韵优美，具有很强的感染力。在歌颂美好的世界的同时，他的诗歌往往还流露出孤独和悲观的情绪。第二次世界大战结束以后，采萨里奇集中于取材城市生活，从平淡而平凡的日常中发掘美感和诗意，成为一名成功的城市诗人，在文艺界获得较高声望。他的诗歌探讨短暂与永恒、现实与理想、美丽与丑陋的对立，具有很高的审美价值和思想价值。

当我是草

有那么一天我搬家
搬到土块中跟蠕虫为伴，
那样或许更好。

在快乐的草丛中我将左右摇摆，
沐浴着月色和阳光，
被碾碎并储藏起来。

我的思想将一滴不剩，
死去的灵魂不会有思想；
我没有耳朵也没有听力，
去聆听喧嚣背后的安静。

当他们来宰割我的时候，
我的发丝也不会疼痛——
在新的生命中，露水
是我唯一的承受。

死亡的港口

我知道：有一个死亡的港口，
在里面
能听到猫头鹰在清晨的歌唱。
看得见疲惫的船舟。

港口里的船永远做着
航行的梦，
而它们的锚
在浅水里休憩。

在梦里，它们追逐幸福，
但却害怕远航。
彩色的旗帜挂在桅杆上
——而静止不动。

云

傍晚时分，忽然，
从无人察觉的深度，
在城市的上空，
出现了一朵云。

高处的风在吹拂，
它却纹丝不动，发出光簇，
但是人们的眼睛，
只知道盯着地上的事物。

每个人都走自己的路：
追逐权力、金钱或者生计，
而云——在自己的一片天空——
像流血般，淌着自己的韶容。

它飘到了更高的地方，
像是要上升到上帝的面前；
高处的风吹拂着它，
高处的风吹散了它。

暮　光

黄昏，当最初的星星
和最初的城市灯光亮起，
当坠入爱河的人梦着恋人，
而酗酒者梦着杯中的美酒——

我静静地走到
亮着灯的房子门口；
一切的罪恶、烦恼和疑惑
突然间烟消云散。

我在暮色里微笑，
在神圣的星光里，
我感受到万物的深邃，
感受到生命之永恒——不朽。

裂缝也有生命

每一道裂缝也有生命，
靠近它的人好奇地注视着它，
看见了我们疲于奔命的日子。

而一切都不属于我们：
我们像喝酒那样
从别人的肮脏的杯子里吮吸着生活。

明辱而知耻的人，
多么希望遮蔽
灵魂上的窗户，希望隐避——

渐渐地他的面容完全平静下来，
就像一片荒凉的原野，
其下的深渊，翻着无声的浪。

苦涩的诗

那冰冷的、苦涩的、灰暗的，
像杂草一样在诗的灵魂里萌生的，是什么？
是暮色？真的是暮色吗？
还是只是匆匆路过的一个轮廓？

现在又怎么样呢？喋喋不休地说着溢美之词，
用幽默来遮蔽伤口；
有谁能靠隐瞒来疗伤：
悲伤就是悲伤，疲倦就是疲倦。

亲爱的！你跟随着我，
用自己的心来点亮世界，
不要去欺诳，也不要受欺诳——
那样的话相当于折断了飞翔的翅膀！

家宴上充满了奇怪的乐趣，
醉酒的人大喊大叫。
命运，给别人斟酒，
而给你倒的是胆汁。

喝吧，亲爱的，把它喝下去，
保存着你的忧郁。
不要害怕，你每喝下一口，
你的邻座会帮你满上新的一杯。

发疯的鸟

黑色的原野，高空的
黑暗里是什么声音？
是谁在唱？啊，没什么，一只小东西：
一只在飞行中发疯的鸟儿。

它飞越自身，飞越了迟钝的云，
与风做伴，为风歌唱。
它用自己的翅膀承载着一切信仰，
它想飞到哪里，会在哪里落脚？

它连筑巢的时间都没有吗？
天冷时，总要在巢里取暖啊。
它在黑暗中为谁歌唱呢？
要落脚在低处，落到更好的命运里去啊。

发疯的鸟毫不在乎。
它不知疲倦地歌颂着风。
当疲乏将它笼罩，
它也不知道找一棵树歇脚。

瀑　布

流啊流，瀑布在流淌着；
我这一小水滴，在它当中算得上什么？

看啊，水流中出现了一道彩虹，
它颤动着，闪出千百种颜色。

瀑布中的梦是可以实现的吧，
我这小水滴，可以为它出点力。

城郊的歌谣

……一盏煤油灯在街角
晕出红黄色的光
照在古老的篱笆旁边的厚厚的泥土
和街上的两三块地砖上。

一个可怜的人
总是从黑暗的周遭冒出来，闯入昏黄的光，
他的脸上充满忧愁
艰难地拖着脚步。

从某一天晚上起，他不再出现
不再经过这里；
灯仍在燃着，
在雾里燃着，
夜幕已经降临。

第二天他没有出现，之后的一天也没有，
人们说他病倒了，
他一个月没有出现，两个月没有出现，
冬天已经来临，
大雪飘下……

人们来来往往
五月的气息已经弥漫在空气中——
他还没有出现，没有出现，
他再也没有出现……

……一盏煤油灯在街角
晕出红黄色的光
照在古老的篱笆旁边的厚厚的泥土
和街上的两三块地砖上。

秋天悄悄地对我说话

悄悄地，秋天悄悄地对我讲述：
以树叶的沙沙作响和秋雨的窃窃私语。
而冬季，用更加轻柔的声音对我倾诉。
雪花飘舞，夜幕降临时，
雪中的安静，无比孤独。

德拉古丁·塔蒂亚诺维奇
（一九〇五至二〇〇七）

　　克罗地亚诗人德拉古丁·塔蒂亚诺维奇一九〇五年出生于东部乡村拉斯图什耶。一九一九年，他入读萨格勒布大学，学习林业专业，并且开始创作诗歌。随后，他转学哲学和文学，同时在多家报社和出版社、克罗地亚作家协会、克罗地亚美术学院、克罗地亚出版局担任兼职编辑，为弗拉迪米尔·韦德里奇、安东·古斯塔夫·马托什等多位著名克罗地亚诗人编辑和出版诗选和文集。塔蒂亚诺维奇还担任过克罗地亚马蒂查文化协会副主席、克罗地亚科学艺术院文学和戏剧研究所主任，曾经被提名诺贝尔奖，是萨格勒布的荣誉市民。

　　塔蒂亚诺维奇的诗歌取材广泛，既有关于家乡、关于大自然的题材，又有关于城市生活的方方面面。一九三〇年，他的第一部诗集《抒情》出版，即好评如潮。在诗歌创作中，塔蒂亚诺维奇试图采用口语化形式，来营造出多样化的节奏和音韵效果。但是我们不能简单地把塔蒂亚诺维奇的诗歌归入某个流派，因为他的诗歌总是以私密的个人体验为基础，体现了对孤独和悲伤的思考。

漫漫长夜，苍白的寒夜

漫漫长夜，在冬季苍白的寒夜里，
我的妈妈在织一块白色的布。

她的脸低垂着，发色灰白，
泪水已经在她的脸上淌了很久。

灯光越过窗户铺满了整片庭院，
贴在了雪地上。
窗外的雪静静飘着，在无尽的寂静中落下：
来自天堂的天使，用温柔的双手，
将冰冷的星光洒在地上，
小心翼翼地，生怕惊动我的宝贝母亲。

漫漫长夜，冬季苍白的夜里，
我的妈妈在织一块白色的布匹。

啊，伤心的妈妈！告诉我，
在漫漫的长夜，在冬季苍白的寒夜，

是什么在你的眼中明灭？

拉斯图什耶
一九三一年

词话之缘

自从我意识到

自己与词话结缘

它们就成为了我的痛苦

成为了我的快乐

成为了我的诅咒

成为了我的安慰

从我意识到

自己与词话结下了缘分

词话就是我的生命

萨格勒布，盖伊大街 2A

一九八一年十月三日

垦地离我太远了

我跟一位友人
在大学前的栗树下散步：他滔滔不绝地
跟我谈论文学，等他把要说的话说完
他就走了，像往常一样，回到自己的家中吃饭。

总是这样：到最后我孤身一人。
我原地站着，看着那些可怜的家伙，
将自己用完的盘子洗干净后，默默地离开。
我看着白色的鸽子：它们从房顶飞过。

于是我慢慢起身离开，孤身一人，可怜地回到自己的寓所。
谁能想象我还没有吃饭呢？
我脚上的皮鞋油光锃亮，
我的拐杖黑得发光。

啊，我亲爱的母亲！
啊，我亲爱的妈妈！
你还可以说：
我的孩子是城里的绅士。

你的孩子不过是因为有人怜悯才得以住在城里
他还写诗，呵呵……还写诗！
父亲开垦过的地，离他太远，
太遥远了……远到我永远都无法耕耘。

萨格勒布，鲁尼亚宁大街 4 号
一九三三年二月十五至十六日

105

喂鸽子的拉米安先生

中午时分，钟楼的钟声响起，
拉米安先生徐徐走来。
他的手里拿着一些饲料：
面包屑、玉米粒、大麦和黑麦。

鸽子立马认出这位熟人：
它们飞过来聚在沥青地上，
围在拉米安先生的小脚周旁。
他笑着，伸出盛满了饲料的手掌。

然后，他要找一个合适的位置，
让记者把他拍得更加上镜。
报纸上会出现这样的照片：
"拉米安先生每天都到剧院前喂鸽子。"

拉米安先生非常开心，看着他身边的观众：
孩子们和两位年轻的女士流露出羡慕之情。
鸽子安静地立在他的掌心，吃饱了肚子，闪着金光；
毫无惧意地，直视拉米安先生的脸庞。

看！温热的黏糊物
忽然用上这只在深处的手。
该死的！
唉，拉米安先生用手帕擦手。

萨格勒布，鲁尼亚宁大街 4 号
一九三三年二月十五至十八日

106

我梦见从你身旁走过

……但是我从远处看着你，
我走到了另外一边，相反的方向，
这样在茫茫人海中，
你就不会注意到我。

在你面前我要躲藏起来，
躲在街道的拐角，
或者宽大的树后。
在夜里，我才梦见自己从你身旁走过。

拉斯图什耶
一九二三年九月十一日

城市的光和影

年复一年，你在居住的城市里行走
低着头穿过街道，在广场上的鸽子堆中停下脚步
你看着孩子们把面包扔给它们，
却不能将它们抓住，你因此而开心

你在贴满了广告的房子前面走过
橱窗和房顶的灯光
在夜里亮起，五颜六色地闪到天明
这是多么快乐

蓝色的电车把惺忪的人们
送到工厂和市集
嘎嘎作响，犹如火车站里的车厢和轮子

所有的人们被这动静震醒了，
我的朋友，希望你认得他们
当黑暗降临时，我们也跟他们一样。

萨格勒布，盖伊大街 2A

一九七八年三月四日

德拉戈·伊万尼舍维奇
（一九〇七至一九八一）

　　克罗地亚诗人德拉戈·伊万尼舍维奇一九〇七年出生的里雅斯特（现属意大利）。他从小就流露出对文学的浓厚兴趣。一九二六年，伊万尼舍维奇前往塞尔维亚的贝尔格莱德大学学习法语和比较文学，一九二八年曾在法国留学一年。在大学期间，伊万尼舍维奇开始从事诗歌创作。

　　大学毕业后，伊万尼舍维奇到罗马和佛罗伦萨继续进修，一九三二年获得帕多瓦大学的博士学位。回国后，他在萨格勒布的文法学校担任教师，一九三八年再次前往巴黎留学，并且获得索邦大学的博士学位。学成归国后，他参与克罗地亚国家剧院的筹建工作。一九四四年，伊万尼舍维奇加入南斯拉夫游击队，为祖国而战。战争结束后，他出任克罗地亚国家剧院戏剧部主任。之后他还担任过克罗地亚戏剧学院的教授。

　　伊万尼舍维奇是一位富有人文主义精神的诗人，他的诗歌充满了地中海风情，同时具有表现主义和欧洲前卫诗歌的元素，流露出超现实的世界观，擅长使用实验性语言和隐喻。因此，他被认为是克罗地亚现代主义文学先驱者之一。

我　将

我将视线从你身上移开
亲爱的
这不是我的意愿
一只无形的手戏弄我
让我不再看你，而去面壁
让我盯着灰色的高墙
就这样，我眼中所有的影像消失无踪
我徒劳地喊，耳朵却听不见自己的声音
我的内心如此狂躁，为了你却鸦雀无声

喉咙里的巴黎

巴黎，深灰色的房间
一位黑人对着墙，喊出了自己的夜晚
你在床上，在黑暗中，盯着夜在看
我亲吻你洁白的双手
心里害怕它们发出声音

被俘虏的星星在天花板上盘旋
街道在楼下汇聚

你的手越来越暗，变成了黑夜
你忽然走进了黑夜
不管你在我身边
不管你的头发在我的双手之间
我知道你的大衣，你的鞋子和袜子搭在椅子上

你走进了黑夜
空无一人的街道，荒废的树，它和我的影子
我被钉在每一扇门上
因为你在每一扇门后

走你的路

走你的路

迈开步子

（我已经是写回忆录的人了）

潜入永恒和不朽

留给我永恒梦想的黑暗吧

我亲爱的你

就像其他我不知道名字的

难以捉摸的星星

我永远无法从

无数的名字中得知

星河，星星连成的溪流

街上的，海上的，广阔无垠的

谎言的甜蜜和虚假的美意

把我们连在一起

寂寞的轰隆声

深潜于底

森林从不哭泣

森林从不哭泣
从不
哭泣是一个脆弱的词语
而需要的是更坚硬的词
像石头般坚硬
一个如同插入子宫的匕首
那样残酷的词

在停顿的时间里，有人亲手
将自己流满一地的肠子收拾起来
野兽，在日食中毛骨悚然
森林从不哭泣
从不

人从别人的身上
认出了自己
森林从不哭泣
从不

森林从不哭泣
从不
哭泣是一个脆弱的词语

请你好好看着镜子里面
自己的眼睛，你会发现
镜子里是面容扭曲的无赖
捂着耳朵，咧开嘴笑

太阳在你的手中

太阳在你的手中
我从彼岸的、雨水形成的
绿色水潭的阴影中
就这样看着你

你用一片叶子遮住了
太阳

我沿着黑色的马路走着
夜复一夜

每一扇门上的你
都有所不同

我看着远方不可触摸的
光芒的轨迹
几乎刺伤了眼睛

你在叶子里，在风中在雨中

你在叶子里，在风中在雨中
你是如此清晰的存在，就像我的眼睛
就像我床上铺盖的橘红颜色
每一个夜晚，你在黑暗中抚摸我的头发
我听着你的欢声笑语，直到天明

维斯纳·帕伦
（一九二二至二〇一〇）

　　克罗地亚女诗人维斯纳·帕伦一九二二年出生于克罗地亚中南部希贝尼克附近的沿海地区，年仅十岁，她就在故乡的报纸上发表诗歌。一九四〇年，帕伦来到萨格勒布大学攻读文学专业。随后，第二次世界大战爆发，她的学业中断了。一九四七年她改学哲学，后来因为感情原因，再次中断学业。之后她以自由写作为生，一九六二至一九六七年曾经在保加利亚居住过。

　　帕伦是克罗地亚最优秀的现代诗人之一，也是二十世纪下半叶最突出的女诗人，作品丰硕，出版了四十多部诗集。她的诗歌诗意丰满，极具创造力，歌颂人们在工作和生活当中表现出的勇气。除了诗歌以外，帕伦还写散文和戏剧，作品被翻译成多种语言出版。

狂　喜

你的眼睛之于我
犹如被叶子覆盖着的温暖的屋檐。
在你笑容的贝壳里，
我找到一枚珍珠。

我的心爬上了喉咙，
而心里住进了小鸟。
晴朗的傍晚，
使我变成了声音的颗粒。

不要再问

不要再问我为什么亲吻你。要问
为什么草在生长，海面为什么如此不安
要问春天的风从何而来
当夜幕在方圆投下寒冷的阴影时
是谁在划着白色的小船。

不要再问我那奇怪的心为什么会爱着你。
你知道海底的珊瑚是从哪里来的吗？
海浪诉说着睡美人的故事，
而你却远离海浪的声音。

你的思想是陡峭的洞穴
我为其徒劳地耗尽了生命。

不要再问我为什么亲吻你。
到我身边来吧！我的心在疼。
你和月亮：是被遗忘的高山上
两朵难以捉摸的花。

梦

我今夜梦见：两位骑士
戴着黑色头盔，骑着马匹。
马在黑暗中咆哮
武器闪着冰冷的光泽
马颈暗黑的鬃毛是死亡的颜色。

我打了个寒战，说，幸好是梦。
寒冬里蓝色的山还很遥远，
山后的星光尚未熄灭。
让我的爱人继续睡吧
沐浴着清澈的露水，在金色的月光里。

我听着。一只鸟儿尖叫着
在死亡的原野上，被带走，
杂乱的声响穿过了树林。
在一条古老而寂静的路上
我的爱人安静地睡在我身旁。

路上的家宅

我躺在道路尽头，满是尘埃。
我看不见他的脸，
他也看不见我的。

群星坠落，空气是蓝色的一片。
我看不见他的手，
他也看不见我的。

东方透出柠檬的青色，
因为一只鸟来，我睁开了双眼。

然后我恍然明白，
谁是我的一生所爱。
然后他也意识到，
自己怀里那双苍白的双手属于谁。

他拿上包并继续向前，
哭泣着向家的方向走去。
而他的家是道路尽头的尘埃
一如我的家宅。

人的母亲

亲爱的妈妈，

你生下黑色的寒冬，

也好过生下我。

哪怕生下一只熊，

或者一条蛇。

把你的吻给一块石头，

也好过给我的脸，

把你的奶汁给一只野兽，

当一只母兽，好过做一个女人。

亲爱的妈妈啊，

如果你生下的是一只鸟，你至少还是位母亲。

你会开心，

你会用你的翅膀来温暖你的幼鸟。

如果你生下的是一棵树，

它至少会在春天复苏。

你的歌声会使椴树开花，

长出青色的新芽。

如果你是羊羔的妈妈，

羊羔会偎依在你的脚边。

你的痛苦，你的哭泣，

它会知道。

你如此孤独，

只有沉默地向坟墓诉说你的痛苦。

做人太苦了，

当人和刀意气相投。

如果你在身旁

如果你在身旁，
我想把头靠在你的手杖上
并且微笑着用手
抱住你的双膝。

但是你不在
我对你的爱难以安分
不管是在黑夜的芳草，
还是海浪，还是百合的花瓣上，
都无法入眠。

如果你在身边。
哪怕只是靠近一点
就像乌云笼罩在山谷里
荒废的房子上边。
就像充满烦恼的晚上，
暴风雨来临前，
海鸥的鸣叫。

啊，哪怕只是靠近一点，可怜地，
就像在白雪覆盖下面，
在石头的幽闭里，
等待着春天
双目紧闭的鲜花。

如果你在身边，啊，我亲爱的冰冷的花。

只需要一个举动，你的靠近
就足以使我早已干涸的
不再快乐的花园
从困顿中苏醒。

不过，夜很遥远，世界也很遥远，
我却不熟悉你的安宁。
我的鸟儿从你的枝头上飞下来。
我瞳孔里的光芒
永远消失在
被遗忘的、被伤害的地方
在那里，爱的名字无人知晓。

身体和春天

我的小苹果，翻过身来吧，阳光已经来到门前。
小溪悄悄成长，风在森林深处酝酿。
温暖的日头发出吱吱叫声，日子涂满了金黄的颜色，
忧郁的窗帘被拉开了，我看到蔚蓝的天空。

果实的窃窃私语将你唤醒，我安静的朋友啊，
你是一口水井啊，我想把眼睛换成你！
让石头做我的枕头吧，让色彩斑斓的酒杯当我的心灵，
柔软的花床，响起了疯狂的钟声。

世界啊，把你永恒的歌声给我吧，让我成为森林。
让我的灵魂长出叶子，在梦中变出一片青葱。
我将变成这个晚上第一位踏上这条路的人。
春天踏着步子，你听：母亲啊，让我吮吸你的乳汁！

晚　星

夜晚的星光低空闪耀。
夏季的低语还在山谷里打转。
夜深了，我们走在荒野，
短暂的火光照亮了前路。

远处的大海多么寂然！
海的广阔无垠是孤独的。
蟋蟀的叫声连绵不断，
在附近低垂的草丛中此起彼伏。

夜深了，我们走在不毛之地。
我们的青春下了山。
星光熄灭了。山却越来越亮。
我们的前路，在寂静中消失。

兹沃尼米尔·戈罗布
（一九二七至一九九一）

　　兹沃尼米尔·戈罗布一九二七年出生于克罗地亚北部的科普里夫尼察。他曾就读于萨格勒布大学哲学院，但是一九四八年因为受到当时诗人汀·乌耶维奇的牵连而被开除。戈罗布是著名的文学刊物《圆圈》的创始人之一。

　　在诗歌创作中，戈罗布善于使用隐喻，同时特别注重诗句的音乐性和易读性。除了写作诗歌以外，他还是一位作曲家和摄影师，推出过大约二十张专辑，曾创立音乐社团"64号工作室"，该社团的艺术风格被后人称为"萨格勒布香颂"。他曾经说："我只是一个写下自己亲眼所见和亲耳所闻的人，我的诗和歌，就是我的灵魂。"

风暴的叶子

很难区分歌曲和歌者：
泪水属于哭泣的眼睛，

痛苦是嘴唇的，河流是大海的，
叶子是风暴的。她已走远了。

我梦见她梦见我。夜深了。
手空了，迷路了，手不是她的。

刀是伤口的，绳子是脖子的，
摊开的双手——犹如钟上的指针。

鸟儿迷路了，
它还是鸟群的一分子吗？

二　人

把手放在我的嘴唇上，
你的手已经在我嘴唇上。
把你的脸贴在我的脸旁，
你把我的脸，
贴在你的脸边。
当你亲吻我
你的唇留在我的肩上。
如果你是我的，
你早已是。
吻我吧，
你已经吻了。
闭上眼睛吧，你会看见
我是怎样闭眼的，
而眼睛是怎么合上的。
你在灰色的树冠下入睡，
找到睡着的自己。

让我说出我想要的

让我说出我想要的，一个词就足够了，
其他的词的存在，仅是为了保持沉默。
让我说出我想要的，一朵玫瑰就够了，
那是为我湿漉漉的手指而点燃的一团火。
我想念双手，想念食物和牙齿
我想接纳你，又想把你忘记。
风从沙漠中吹起我的名字
就如饥渴的雨水滴在我的身上。
有些日子，一切都被记录下来，
有些岁月，空荡荡的秋天只有落叶。
关于你，我只知道你存在，你单纯地活着，
我只记住了那些你不会想起的事。
你赤身裸体，为自己梦幻般的温柔感到羞愧
正如被风吹起的叶子，遮盖着树干。
我忘却的童年已经十分遥远
你远离自己的生活，仿佛它与你毫不相干。
瓢泼大雨洒在它身上，我站在
犹如一列离我而去的火车的床边。
如果让我说出我所牵挂的，我只能编造出一些词语
比如：曾经，和永远，以及永远不再。

亲爱的

亲爱的，当我离开
我愿意回来。
你不知道，我的一半
已经留下来陪你。

留下来亲吻你
当你孤独，或是寒冬，
因为我在拥有任何东西以前，
早就失去一切。

亲爱的，我不知道
我已经死了多久
当我听见雨水倾盆而下
打在你黑暗的窗边。

亲爱的，你筋疲力尽
你不在的时候我已为你铺好了床。
我在一颗即将要熄灭的星星上，
追逐不曾拥有的星光。

衬 衫

夏天，雨滴里
有油的味道。
你离开了。
风吹过光滑的手掌
在你挂在晾衣绳上
的衬衣里穿梭摇曳。

至少，它用空虚的袖管
拥抱了我。

我的爱人

我的爱人。我又一次
在一切停顿的地方找你：在雪飘落的瞬间
在火光从你的脸上
熄灭的那瞬间，在你的裙底，
在你吐出的口气里。
我的爱人。一切都是你的名字：
一个多雨的夏天，一年，樱桃树的枝丫，
海洋在你的身上，你如蜡般光滑的身上，
投下十字的阴影。苦涩的味道，
空虚的天，忧愁，以及那些
从我口中滑落到你的手里的狂言，
我的口中现在充满了赤裸的泪水。
我的爱人，你在雨中颤抖，
你在我的床上安睡，躺在
我的怀里，你既是我创造的，
也将离我而去。
你抛弃的，还有我那爬满了无意识盐斑的欲望。

玫　瑰

我褪下你的衣裳，
就像剥下玫瑰的花瓣，
只为了看清你的灵魂，
我看不到。
但是周围的一切
地平线、陆地和海洋，
无穷无尽，
充满了香气，
充满了不可估量的活力。

平凡的事物

有时候我感觉疲惫，
为生活的奔波，
为那些因为你不在
而毫无意义的东西。

有时候我感觉身边的一切
黑暗而寒冷，
只有你
保存着类似温暖的意义。

我过于糊涂，再也无法区分
糖和盐，我总在没有必要的时候微笑。
一个人被抛弃后竟然如此无助，
无助得让人吃惊。

某天我走在街上，
但是没有去到我想去的地方。
我跟陌生人打着招呼，
说了一些难为情的话。

有时候我以为自己找到你了
因为我以为自己
失去了
几乎一切重要的东西。
那都是些平凡的事物，但又不是，
我每天跟那些平凡的事物相处，

是它们为我找到位置。

我可以不刮胡子不打领带，
我可以像一棵树那样，沉默几个小时。
在想什么？我不知道。关于爱情
的幼稚想法。在想你爱我。

我知道，一切终将过去。一切总会过去，
朋友说着，然后哭了起来。
他也有他的不容易，遭遇着同样琐碎的事物，
糖和盐，他也分不清楚。

你的空气份额

诗歌，你之后会发生什么？
在共同的血液里，是同样的呻吟，
同样的耻辱，往某处航行的船的底下
是同样的锁链。

先是信任，然后是质疑，
之后是爱，如果那就足够，
对生命的愿望和对死亡的向往，
之后一切回到曾经的样子。

床铺，裸体，之后呢？
我们看着那些在敲打的根
它说你变小了，而水涨高
有人替你转身。

什么会被改变？没什么。
如果你看到的是你真实所见。
你不要的有人想要，
有人想把你的空气份额吸掉，然后睡着。

伊万·斯拉姆尼格
（一九三〇至二〇〇一）

　　伊万·斯拉姆尼格，克罗地亚作家、翻译家和文学研究者。他一九三〇年五月二十四日生于克罗地亚南部沿海地区的梅特科维奇，二〇〇一年六月三日在首都萨格勒布逝世。斯拉姆尼格一九五五年毕业于萨格勒布大学，随后留校任教，主要从事比较文学的教学和研究。他曾在意大利的佛罗伦萨、美国的布卢明顿和芝加哥、荷兰的阿姆斯特丹等多地任翻译和校对员，翻译英语、俄语、意大利语和瑞典语的文学作品。一九八八年，他获得了"弗拉迪米尔·纳佐尔奖"终身成就奖。

　　二十世纪中叶至二十一世纪初，斯拉姆尼格笔耕不辍，一直从事文学创作和翻译工作。他最初的作品被发表在一本名为《圆圈》的文学杂志上。他的诗歌兼具疯狂和艺术的气质，继承了克罗地亚和欧洲文学的传统，同时又包含多种语言变体。他善于突破诗歌的写作模板，擅长以现实为素材，为诗歌创作注入鲜活的生活元素。此外，他的一些诗歌具有戏仿意味，这在很大程度上得益于其诗歌中俚语、方言、外语甚至拼写错误的单词的使用。有评论家认为他的作品重新定义了克罗地亚诗歌。

斯拉姆尼格的小说写作同样取得了瞩目的成就，其作品《勇气的另一半》被评论家认为是克罗地亚第一部后现代小说。在这部作品中，他通过紧凑的情节将传统和创新的文学创作手法进行了融合，巧妙地实现了角色的命运和艺术形式的融合。

他从不在书中设置道德标准，但是他却能以一种幽默的态度带领读者审视人性中令人不安的部分。这样的才华使他被认为是二十世纪八十年代最具创新性的克罗地亚诗人之一。

我曾是个疯子

我曾是个疯子，
我的家就在街道的尽头。
我有一个小商铺。
给粉红色的女孩子
销售黄色封面的书。
但是我的店铺
莫名消失在蔚蓝的一天。
烧了，化了。
我想来想去，也问了其他人，
一定要这样吗？
其他人很明智，
不为这些事费心思。

我们躺在地板上

我们躺在地板上
观察着桌脚。
我们躺在草地上
观察着蝗虫的触角。
我们躺在沙地上
看着柳枝的黄色枝梢
拂过河面。

而葡萄的叶子
正朝着我们闪耀。

老朋友

我有一位老朋友。
老朋友有几个用处。
首先，从他们身上我们看见自己变老。
其次，意识到我们之间的不同。
好的老朋友总是那些比较不要紧的人。
他们会宽容你，
你不必对他们小心翼翼。

老朋友啊，我的老朋友，
你的舌头长着毛：当你说
我在胡说八道时，你只是礼貌地
露出微笑。

大惊失色

亲爱的，今夜你被吓坏了吧；
人们在我们身后
低声叫着我们的名字，
紫色的荧光灯
照着我们见面的地方，
而我们彼此的耳语
被电波传到各个角落。

停留的怀旧

我慢慢走着

雨轻轻地下

我在某个路口

停下步伐

雨也停了

我慢慢走着

雨又开始下

我又停下步伐

手里的伞没有打开

雨滴从它表面滑过

就像露珠滑过果实的叶子

一辆卡车开过

又一辆

电车经过

第三辆卡车

它们湿润而清新

我手里拿着湿雨伞

站着

以为

自己在扮演

芭蕾舞剧里的流浪骑士

等一会儿我就要挥动雨伞

仿佛它是一把利剑。

玛莉亚·裘蒂娜
（一九三七至一九八六）

　　女诗人玛莉亚·裘蒂娜一九三七年出生于克罗地亚中部的利卡地区，成年后在萨格勒布大学学习南斯拉夫语言文学专业。辍学后，她成为一名记者，供职于《自由达尔马提亚》报社。

　　裘蒂娜在一九五四年就开始发表诗歌，她的作品被刊载在最有影响力的文学刊物，如《圆圈》《可能性》《共和国报》《当代人》《文学报》等，她的诗也被选编进几乎所有的现代克罗地亚诗歌集中，被翻译成英语、荷兰语、匈牙利语、波兰语、罗马尼亚语等。

　　裘蒂娜的诗歌作品主题忧郁，充满了创伤感和孤独感，以及彻底的绝望。她在诗歌的迷宫中，不断寻找现实中不存在的庇护所。

使我高兴的是

使我高兴的是，我的姐姐和我很快就要死去，
在我们身后留下来的是蓝色的天空和活着的男孩，
不会再有人为黑色丝绒落泪，
因为只有大海才会如此哭泣。

使我高兴的是，牧师和朋友们有事可做了，
因为他们要把我们的梦和狗，随我们一起送到天堂。
使我高兴的是，我们身后还有温暖的人，
以及张得像星星一样大的眼睛和嘴唇。

在离开时，没人想过要去哪里

在离开时，没人想过要去哪里，

但是过后会想，过后会想，

过后，过后，

等怀旧的情绪，在没有人会看见的时候，

在鲜花绽放过后，

人们在做梦的时候想起这件事，会想黎明时发生了什么，

黄昏里发生了什么，黄色的窗户边上那一颗孤独的灵魂的内心在想什么，

我一边说，一边梦着，在两次病态的叹息和对世界的胡言乱语中，

梦着我要梦见的事物。

是的，每个离开的人，都会像我一样好奇，

是的，我说，所有人都从童年的照片里寻找回忆的光辉，

渺小的蚂蚁，在高楼的天台一边呐喊，

一边梦想着死火山和利用情欲行骗的月光，

梦想着在一切过后，在雨中徘徊和说谎，

我说，所有人，一边梦想着船和关于沙漠的传说，

所有人都会像我一样好奇，

他们不相信隐藏在祭坛背后的微笑的秘密，

不相信给别人挖掘坟墓时的痛苦，

他们像你我一样，都不相信，

他们只会梦想着悲伤，

以温柔的象征开始了自杀的过程，

因为没有人愿意为悲伤而歌唱，

但恰恰因此而不得不去想，

想自己为什么要离开，像你我所想的一样，

一边走在某条街上一边想着旧时晚上的图画书，

想着大腿上的绿色丝带，但是他们还是无法相信，

正如你我，

所有人都会默默地想，长久地想。

哭泣并不重要

我们死去时，哭泣并不重要，
让女人留下来，就算失去马匹和英雄，也不要紧，
因为更年轻的、更美好的小女孩，
将在许多事物的每一次死亡中降生。

我们把狗留下来，
让它们孤独地在花园里徘徊，也不要紧，
因为新的、更有热情的男孩，
在之后会乘坐苦涩的帆船到来。

阿尔森·德蒂奇
（一九三八至二〇一五）

　　阿尔森·德蒂奇，克罗地亚诗人、歌手、词曲作者，一九三八年出生于克罗地亚中南部希贝尼克地区，后来在萨格勒布音乐学院学习，一九六四年获得学位。二十世纪六十年代，阿尔森·德蒂奇就已经活跃于音乐圈，参加各种音乐节，推出专辑，为电影和电视剧配乐，成为克罗地亚乃至南斯拉夫家喻户晓的流行歌手，其歌曲风格类似于法国"香颂"[1]。

　　德蒂奇的歌曲旋律优美，其歌词是诗化的语言，感人肺腑，别具匠心，引起人们的共鸣。一九七一年，德蒂奇出版第一本诗集《瓶中船》，推出即一售而空，深受人们喜爱，几次再版后，总销售量达到八万册。

1　"香颂"，法语"chanson"的音译，也可以译为尚松，意思是歌曲。从狭义上说，指法语世俗歌曲，通常有独唱合唱等形式，内容五花八门、包罗万象。

我的坟墓

让我的坟墓
立在漆黑的山中，
让狼群的嚎叫盘旋在上空，
黑色的树枝发出沙沙的声响，
夏季翻腾着永不停歇的旋风，
冬天落下厚厚的雪，
让我的坟头
受尽无法逃脱的苦痛。
让它像云和宝座一样高高在上吧，
让低处的钟声无法触及，
让忏悔的哭声无法抵达，
让罪人的恐惧无法得到宽恕。
让它发出草一样的沙沙声，
长出荆棘，
让它立在陡峭的山崖，
没有路径可以通达。
亲爱的朋友，不要前来拜祭，
回去的时候，请把脚印擦净。
亲爱的朋友，不要前来拜祭，
回去的时候，请把脚印擦净。

没有人做梦了

没有人做梦了
没有人做梦
快乐的年代已经逝去
谁还会关心
所有人都只想着乱搞。

没有人做梦了
梦是弱者的
所有人都异常清晰
游戏里的全是浑蛋。

没有人做梦了
白天和黑夜一样了
徘徊在我们身边只有永远的
失眠……失眠。

没有人做梦了
很少人会入睡
我的清醒
遮盖着最后的梦。

盐的味道

你从海里来，来到我的身边，
你的身后是灿烂的阳光，
你炽热的嘴唇、头发和皮肤上，
有大海的味道，有盐的味道。

大海的味道，盐的味道，
你把一切的苦涩带在身上，
我曾经热爱这一切，但又遗弃在某处，
一切被我们远远地落在身后。

时光和日子，懒洋洋地伸展，
将海的味道留在了唇上，
你跳进水中，留我独自一人，
让我在沙滩上，在阳光里再次看看你吧……

等你归来，我让你倒入
沙子的怀抱，倒入我的怀中，
我将带着大海的味道，带着盐的味道，
带着梦的味道，与你亲吻……

教我如何不爱你

我恢复了味觉，仿佛经历了一场大病，
当我想到这一切原本可能有多么糟糕时，我不寒而栗，
我重新露出了笑容，你认不出我，
就像在自由中，我重新学习吃饭，走路……

教我如何不爱你，
夜里再次飘下雨滴，
消失的声音和颜色，
无人与我分享。

教我如何不爱你，
火车上有人朝我挥手，
我心头空虚，但是却更加轻松了，
教我如何不想你。

我问别人，这种感受将持续多久，
它会消失吗？之后我会后悔吗？
我使人厌烦，让人担心，
光太亮了，让我的眼睛习惯一下吧……

约西普·塞维尔
（一九三九至一九八九）

克罗地亚诗人约西普·塞维尔一九三九年出生于克罗地亚中部锡萨克地区，成年后在萨格勒布大学学习斯拉夫学和汉学，曾经到中国留学，熟练掌握俄语和中文。他被认为是克罗地亚文坛最后的一位"波斯米亚文人"——生活放荡不羁，才华无与伦比。

塞维尔受到俄罗斯前卫诗歌的深刻影响，秉持"声音决定意义"的创作理念，他的诗作充满创意，具有前卫的创作冲动，语言独特，意象神秘，从根本上挑战文学传统和现实世界，试图创造新的艺术，最终改变现有艺术和世界现状。虽然塞维尔没有留下太多作品，仅出版过两部诗集，他的许多手稿和笔记散落在各种地方，但是他对克罗地亚现代诗歌的影响是不可忽视的。

视野的音乐

生命的星球上的宝石

闪着富有韵律的光芒。

音乐的鸟儿

降落在人的头脑

使得灵魂在光里颤抖。

清晨的墓碑

敲开了每一双新的眼睛。

至高无上的能力者

拦腰截住了盗贼。

哈比鹰在我身边

我敲开这些眼睛,

鸟儿从纸上起飞

落到了另一张神秘的白纸上。

能力者更加强大时,

盲目的绝望也将更加强烈

所有的鹅,也拍起翅膀。

广阔的燃烧

河流的影子

照进了绿洲的水里

而在想象的亚洲

刮起了旺盛的风。

我的身前和身后

是疲惫而荒芜的平原。

我感受着虚无的时间

以及破碎的脸。

之后是一片沉默
我逃进一团烟雾。
当火熄灭时，
我从灰烬里暴走。

雨　声

细碎的雨点
从广场上的钟
往下滴
就像铜管乐。
听起来
又像是老鼠的吱叫
或者是划过地面的
烟雾的阴影。
更像是空洞的时间
穿过空虚的空间，
消失在
谎言里面。

北方的马

每当我对马的想法有所怀疑时
它就在天边出现
那匹马从天上下来
它一跃而起
又沉入
广阔的田野和沙地

当它的鬃毛盘旋在
海上的迷雾中
冲刷而起的泡沫
就像是放在橡木桌上的
捷克水晶杯

当王子驾驭它
当主教驾驭它
当矿工驾驭它
还有当瓦格纳驾驭它时

马就是他的挪威脾性
他的绿松石宝剑
当没有人骑的时候
它就是内盖夫沙漠[1]
以及匈牙利的荒地

1　内盖夫沙漠：位于巴勒斯坦南部。一九四八年被以色列重新占领。"内盖夫"在《圣经》里的意思就是"南部"。整个内盖夫沙漠占了以色列南部的大部分地域，达到以色列国土面积一半以上。

马一起一停
需要耗费多少装饰
而白马要保持洁白的颜色
又要花费多少气力

战　役

这里没有人吸烟
人们吸的是血
当你是外人时
当你挥起了剑

在戏里
我们的头颅落地了
看着剑
爬上肩

我们疲惫的眼睛
被一幕幕的戏刺伤
我们停下脚步
稍作休息

译后记

　　正如丛书主编赵振江教授在总序当中提到，诗歌是文学的桂冠，是文学之魂。诗歌凝聚着国家和民族的精神和理想。"一带一路"沿线国家经典诗歌文库，为我们广博而仔细的阅读活动提供了充足的资源，透过承载着各民族文化的语言表征，我们可以去理解一个民族的思维模式和价值取向，去触碰一个民族的人文精神和审美价值，去捕捉一个民族的灵魂，最终走上民族间情感交流的桥梁，实现真正的民心相通。

　　中东欧地区的克罗地亚，是诗香久远的国度，诗歌作为一种文学形式，在民族文化中的历史比民族文字本身的历史还长。诗歌是语言的结晶，自然是文学作品当中最为精华、最为多元的部分，而诗歌的翻译自然也是最具挑战性的工作。我们穷尽毕生所学去把握诗歌的意涵，竭尽全力忠实地还原意境和意表，保持诗意的传递。特别感谢作家出版社徐乐老师对本书的指导和帮助，感谢我的同事洪羽青在翻译过程中给我的许多灵感和鼓励，感谢我的学生张锦熙在译文的校对过程中给予的建议。

　　感谢"一带一路"沿线国家经典诗歌文库项目，让我得到一段美好的文学时光，以诗话为居，以诗人为伍，以诗歌为伴。与其说《克罗地亚诗选》是一个总结，不如说它是一个崭新的开始。克罗地亚诗歌是一个迷人的话题，诚挚希望有更多的读者能够了解、关注、阅读和欣赏克罗地亚的诗人和作品，对译者来说这便是最大的鼓励。

彭裕超

二〇二二年四月二十五日

总　跋

经过两年多时间的筹备与组织，"'一带一路'沿线国家经典诗歌文库"终于陆续付梓出版，此刻的心情复杂而忐忑，既有对即将拨云见日的满满期待，更有即将面见读者的惴惴不安。

该项目于二〇一五年下半年开始酝酿，其中亦有不少波折和犹疑。接触这个项目的所有人都无一例外地认为，这是应该做而且只有北大才能做的事情，也无一例外地深知它的难度。

"一带一路"跨度大、范围广，多语言、多民族、多宗教、多文明交融，具有鲜明的文化多样性特征。整个沿线共有六十余个国家，计有七十八种官方或通用语言，合并相同语言后仍有五十三种语言，分属九大语系。古丝绸之路尽管开始于政治军事，繁荣于商旅交通，但其更重要的意义在于促进了人类文明的交往。它连接了中国、印度、波斯和罗马等文明古国，跨越埃及文明、巴比伦文明、印度文明、中华文明的发祥地，是东西方文明交流互鉴的重要通道。

如何更好地展现"一带一路"沿线人民的文化特质和精神财富，诗歌无疑是最好的窗口。诗歌是文学王冠上的明珠，精敛文学之魂魄，而经典诗歌则凝聚着各个国家民族的文化精神和文化理想，深刻反映沿线国家独有的价值观和对世界的认识。长期以来，中国学界和出版界一直比较重视欧美发达国家诗歌的译介与研究，对发展中国家尤其是一些弱小国家的诗歌研究存在着严重忽略的现象。我们希望通过对"一带一路"沿线国家经典诗歌的研究，深刻地了解一个国家，理解它的人民，与之建立互信，促进国内学界对"一带一路"沿线国家文学、文化和文明的了解，弥补我国诗歌文化中的短板，并为中国诗歌走向世界提供思路和借鉴，从而带动与"一带一路"沿线国家的深层次交流，为中国的对外交往和"一带一路"倡议的实施提供人文支撑。

　　北京大学外国语学院组织国内外相关领域的专家学者，于二〇一六年一月，正式启动"'一带一路'沿线国家经典诗歌文库"项目。该项目以北京大学人文学科的优良传统和北大外语学科的深厚积淀为基础，以研究和阐释"一带一路"沿线国家厚重的历史、文化内涵为己任，充分发挥本学科在文学、文化研究领域的传统优势和引领作用，积极配合和支持国家的"一带一路"倡议，为中外优秀文化的研究、互鉴和传播做出本学科应有的贡献。

　　北京大学外国语学院牵头组织的"'一带一路'沿线国家经典诗歌文库"项目，旨在翻译、收集、整理和编辑"一带一路"沿线六十余个国家的诗歌经典作品，所选诗歌范围既包括经典的作家作品，也包括由作家整理的、具有广泛影响力的史诗、民间诗歌等；既包括用对象国官方语言创作的诗歌，也包括用各种民族语言创作、广泛传播的诗歌作品。每部诗集包括诗歌发展概况、诗歌译作、作者简介等三个部分。

　　在此基础上，形成由五十本编译诗集构成的"'一带一路'沿线国家经典诗歌文库"第一批成果，这将弥补中国外国文学界在外国诗歌翻译与研究方面的不足，特别是对部分"一带一路"沿线国家的经典诗歌开展填补空白式的翻译与原创性研究工作具有重大意义，同时对沿线诸多历史较短的新建国家的文学史书写将具有十分重要的价值。

　　该项目自启动以来，先后成立了编委会和秘书组，确定项目实施方案、编译专家遴选以及编选的诗歌经典目录，并被确定为北京大学一百二十周年校庆的重要出版项目之一，得到学校、校友及社会各界的大力支持，建立起以北京大学外国语学院为核心，汇集国内外相关领域知名专家学者、翻译家的翻译、编辑团队，形成了一个具有高度共识和研究能力的学术共同体。

　　在这个共同体中的每个人都是幸福的，与诗为伴，以理想会友，没有功利，只有情怀。没有人问过我们为什么要做，每个人只关心怎样可以做得更好。无论是一无所有之时还是期待拿到国家出版基金支持之日，我们的翻译团队从没有过犹豫和迟疑，仿佛有没有经费支持只是我一个人需要关心的事情，而他们是信任我的。面对他们，我没有退路，唯有比他们更加勇往直前。好在我一直是被上苍眷顾和佑护的人，只要不为一己之利，就总能无往不胜。序言中，赵振江教授说了很多感谢的话，都代表我的心声，在此不再重复。我想说的是，感谢你们所有人，让我此生此世遇见你们。如果可以，我还想在此感谢我的挚爱亲人，从没有机会把"谢谢"说出口，却是你们成就了今天的我。

　　希望通过我们台前幕后每一个人的努力，把"'一带一路'沿线国家经典诗歌文库"项目打造成沿线国家共同参与的地域性的文化精品工程，使"文库"成为让古老文明在当代世界文化中重新焕发光彩、发挥积极作用的纽带和桥梁。

　　人也许渺小，但诗与精神永恒。

宁　琦

写于二○一八年"文库"付梓前夜

北京

图书在版编目（CIP）数据

克罗地亚诗选 / 彭裕超编译 .-- 北京：作家出版社，2022.12
（"一带一路"沿线国家经典诗歌文库 . 第一辑）
ISBN 978-7-5212-1888-6

Ⅰ. ①克… Ⅱ. ①彭 Ⅲ. ①诗集 – 克罗地亚 – 现代
Ⅳ. ① I555.32

中国版本图书馆 CIP 数据核字（2022）第 065520 号

克罗地亚诗选

主　　编：赵振江
副 主 编：蒋朗朗　宁　琦　张　陵　黄怒波
编 译 者：彭裕超
选题策划：丹曾文化
特约编审：懿　翎
责任编辑：徐　乐
装帧设计：曹全弘
出版发行：作家出版社有限公司
社　　址：北京农展馆南里 10 号　　　　邮　　编：100125
电话传真：86-10-65067186（发行中心及邮购部）
　　　　　86-10-65004079（总编室）
E-mail:zuojia @ zuojia.net.cn
http://www.zuojiachubanshe.com
印　　刷：河北鹏润印刷有限公司
成品尺寸：160×240
字　　数：247 千
印　　张：11.5
版　　次：2022 年 12 月第 1 版
印　　次：2022 年 12 月第 1 次印刷
ISBN 978-7-5212-1888-6
定　　价：53.00 元